行走中国丛书
主编◎张昌山 耿昇

盐马古道

彭愫英◎著

云南出版集团
云南人民出版社

图书在版编目（CIP）数据

盐马古道/彭愫英著.——昆明：云南人民出版社，
2019.8
（行走中国丛书）
ISBN 978-7-222-18431-2

Ⅰ.①盐… Ⅱ.①彭… Ⅲ.①散文集—中国—当代
Ⅳ.①I267

中国版本图书馆CIP数据核字(2019)第122052号

出 品 人：赵石定
责任编辑：刘 焰 毛 雪
装帧设计：白 雪
责任校对：梁明青
责任印制：窦雪松

行走中国丛书
盐马古道
彭愫英 著

出版	云南出版集团 云南人民出版社
发行	云南人民出版社
社址	昆明市环城西路609号
邮编	650034
网址	www.ynpph.com.cn
E-mail	ynrms@sina.com
开本	787mm×1092mm 1/16
印张	13
字数	200千
版次	2019年8月第1版第1次印刷
印刷	云南出版印刷集团有限责任公司 云南新华印刷一厂
书号	ISBN 978-7-222-18431-2
定价	39.00元

如需购买图书、反馈意见，请与我社联系
总编室：0871-64109126 发行部：0871-64108507
审校部：0871-64164626 印制部：0871-64191534

版权所有 侵权必究 印装差错 负责调换

云南人民出版社微信公众号

总　序

张昌山

从黑格尔以来，传统中国长期被欧洲中心主义者视为一个"停滞的帝国"。这一观念出现几十年之后，国人终于认识到，中国正面临着前所未有的深刻变革。清同治十一年（1872年），李鸿章在《复议制造轮船未可裁撤折》中说："臣窃惟欧洲诸国，百十年来，由印度而南洋，由南洋而中国，闯入边界腹地，凡前史所未载，亘古所未通，无不款关而求互市。我皇上如天之度，概与立约通商，以牢笼之，合地球东西南朔九万里之遥，胥聚于中国，此三千余年一大变局也。"光绪元年（1875年），李氏又在《因台湾事变筹画海防折》中说："历代备边，多在西北。其强弱之势，主客之形，皆适相埒，且犹有中外界限。今则东南海疆万余里，各国通商传教，来往自如，麇集京师及各省腹地，阳托和好之名，阴怀吞噬之计，一国生事，数国构煽，实为数千年未有之变局。"李鸿章对世界和中国的这种认识还在多个场合说过。当时的中国，一下子从"普天之下，莫非王土；率土之滨，莫非王臣"的天下，迅速跌进五大洋、四大洲之中的世界，甚至只是亚洲东部一个落后的大国。

这数千年未有的大变局，就是以工业革命为主导的近代化及现代化，而中国从传统社会向现代社会转型的这一近代化及现代化过程，至今仍在进行之中。

百年间，一些中外人士行走在中国这片古老而又在变动的土地上。行走者中，既有外国的传教士、外交官、探险家，更有中国的文人、学者、科学家、商人、军人，甚至有家庭妇女。他们的游记、札记、考察报告、探险实录等，见证并记录了其自身行走的经历和中国近代化及现代化的过程。当时写下这些文字的人虽身份各异、目的不同，但每一部作品记录的都是作者个人的观察与体验，也记载了他们的所思所想和个性特征。

而不同的作品拼合起来，则在横向空间上似画卷一般展现了中国各地的风土人情和社会面貌，而在纵向的时间上则有如电影一样显示了中国在不同历史时期社会变迁的细节与大势。在他们笔下，中国不再是故纸堆中的陈旧记忆，而是活生生展开的现实景象。

把历史还原到现场和实际生活，这大概是每一个想了解历史的人的最大愿望。我们从这些作者在中国的行走、体验之中看到了一种活态的中国历史，它们明显区别于以往的正史和官方档案之类的文献资料所记录的静态中国历史，而且，人生的丰富性、视角的差异性及社会的多元性，也尽在其中了。

德国学者赫尔德所倡导的"同情之理解"，作为一种历史研究方法，在中国学者中以陈寅恪等用得最深也最好。如今，我们把这些中外作者的各类作品作为历史文本来阅读、感受和研究，通过这些文本去体验他们在这片土地上的行走、见闻与思考，这也是一种"同情之理解"的实践。今天的人们可以从中感受这些作者所体验的中国社会，从而更具体、更深刻地观察了解中国近代化及现代化进程的艰辛与经验。

将中国放在整个世界大格局中来看，这一百多年的历史，大致就是摇摇晃晃、步履蹒跚地走向世界和走向现代的过程。鉴往才能识今和知来，但由于过去的观念、方法、习惯和经验等因素，有意无意地遮蔽和塑造了我们对于这段历史的认识与解释，因此，云南人民出版社推出的这套"行走中国"大型丛书，是在回头观看百年中国之动静，是在体会"我看人看我"的经验，其实质则是向前进，走向永恒的未来。

青山遮不住，毕竟东流去。历史的洪流和时代的浪潮虽然可能会被拖延，却不可能永远被遮挡。司马相如曾说："盖世必有非常之人，然后有非常之事；有非常之事，然后有非常之功。非常者，固常人之所异也。"李鸿章有言："处数千年未有之奇局，自应建数千年未有之奇业。"这两句话的时间相差2000年，表达的却是同一种心声，谨抄录于此，作为我们对国家和时代的期许。

是为序。

2015年5月

目　录

总　序　/ 1

魂牵盐马古道（自序）　/ 1

喇鸡鸣井　/ 1

西关桥　/ 5

初夏的诗歌　/ 8

盐工故事　/ 11

场署春秋　/ 14

急坡街　/ 18

盐味悠悠　/ 21

古岩洞悲歌　/ 24

历史人证　/ 26

龙王庙　/ 29

流连回音壁　/ 32

三岔河畔 / 35

山神庙祈祷 / 39

瞭望台上念悠悠 / 41

喇鸡鸣井支前忙 / 43

啦井解放纪念碑 / 46

羁旅火棘粮 / 49

盐马古道文化节 / 52

杏林居 / 55

平安自心中 / 60

明月伴行程 / 63

四十里箐河 / 66

阿明五加 / 70

弥勒坝记忆 / 73

石桥觅英雄 / 78

一碗水情思 / 81

雾湖醉秋　　/ 84

雾湖拍摄记　　/ 87

森林氧吧　　/ 90

长岩山游记　　/ 93

夜走森林　　/ 99

富和山之晨　　/ 102

盐马古道情歌　　/ 106

富和山感怀　　/ 111

途经观音桥　　/ 115

闲话丰收店　　/ 118

探访仙人洞　　/ 121

冬雪，富和后山行　　/ 125

素描富和山大树　　/ 129

苦荞粑粑留给你　　/ 132

温泉濯足　　/ 135

红土自鸣涧 / 138

新农村印象 / 140

醉醒峰峦间 / 144

神秘的龙潭 / 146

山的宠儿 / 149

四弦弹响白腊村 / 153

山溪无言 / 157

杜仲林忧思 / 163

普米山村行 / 166

温水河畔听鸟鸣 / 170

春驻古盐井 / 173

山歌唱给有情人 / 176

雪山太子庙 / 180

西山牦牛基地 / 184

中村玉皇阁一游 / 187

古歌，飘荡盐路山 / 190

魂牵盐马古道

（自序）

"盐马古道上的人啊，马铃铛是响起的，人是情意深的，盐巴掉进河里，人的情可以拿出来。火里煮出的盐巴最甜，从心里说出的话最真……"月夜，一位五十多岁的彝族汉子，在富和山弥勒坝唱响山歌。我的眼角湿了，心久久难以平静，盐马古道上的马帮、背夫，随着山歌旋律，穿过历史烟云向我走来。

解放前，位于云南省西北部的怒江州没有公路，盐马古道不仅连接怒江州边三县和兰坪县，成为怒江大峡谷和澜沧江峡谷间的通道，还连接着令世人瞩目的茶马古道，成为怒江州走向内地的通道。怒江州境内的泸水县（现为泸水市）、福贡县、贡山县没有盐，只有兰坪县有盐。兰坪县有九井盐矿，即啦井、温井、上井、期井、兴井、老姆井、下井、小盐井、温庄井。兰坪各族人民，早在元代以前，就在盐卤水溢出的地方淘井取卤煎盐。九井盐矿中，尤以啦井最出名。以啦井为中心，形成了怒江境内的滇藏古道、盐路山古道、碧江营盘古道、六库保山古道、贡山六库古道等多条盐马古道。

我出生在云南省三十三个古镇之一的营盘镇，这个坐落在澜沧江纵谷区的古镇，西接怒江州盐马古道中最负盛名的碧罗雪山鸟道，东接古盐镇啦井，南接迪庆州维西县，北接保山市，离古盐镇啦井只有17公里。小时候，外婆给我讲沧江女儿的故事，悬崖峭壁上羊肠小道、原始森林里古栈道、碧罗雪山上救命房、抗法民族英雄杨玉科修筑的古道"杨玉科路"……徒步盐马古道成了我的心愿。

难以释怀背盐女和赶马哥的爱情，魂牵梦萦盐马古道。每每回到澜沧江畔的老屋，仰看碧罗雪山峰巅积雪，目光追随在千山万壑中蜿蜒

的澜沧江，数村庄上空袅袅上升的炊烟，我痴想在外婆讲的故事里。

我总在设计自己徒步盐马古道路线，从怒江州府六库城出发，经知子罗，翻越碧罗雪山到达营盘镇，走杨玉科道，也就是营盘、武邻邑、啦井、三岔河、山神庙、金顶，过沘江河翻越盐路山，直达大理州剑川县城。

2007年五一长假的最后一个假期，我终于踏上盐马古道之旅，此后一年多时间里，我利用假期徒步以啦井为中心辐射出去的盐马古道。盐马古道之旅，我搜集到大量的珍贵资料，深入采访各个阶层的盐民，心灵被深深震撼，沿途所见所闻，今昔对比，古今人文变迁让我感慨万分。盐马古道上很难见到马帮，背夫血泪被荒草覆盖，崇山峻岭中的条条古道，被一棵棵高大的树木和蓬蓬花树抹去痕迹。断断续续的踪迹，盐马古道的艰辛可见一斑。

走过古盐镇啦井，脚步轻触古道上遗留的马蹄凹槽，历史叹息响在耳畔。土坯墙、古盐铺、檐头草、石板路，我在寻梦中把盐马古道今生前世抒写。小巷两侧，刺绣的、纳鞋底的，宁静的目光恍惚一段历史的凝重。悠悠古盐路，马铃铛声不时响起，零星马匹驮着柴走过。羊群漫过山岗，牧羊女裙裾飘飘，山歌飘荡山谷。

盐仓房和泡卤池、坑硐，说不完道不尽盐工故事；农民反暴政大起义，场署一度被义军攻占而焚毁，实行均税平秤；六十多岁的老人带着盐，夜间被缉私队员打死在西凤岩水沟边，陈尸路旁示众；啦井解放，滇西北人民自卫军后勤总部盐务处啦井盐务管理处成立……历史翻过了一页，盐马古道沉淀厚重的文化，凝结着地方人文风情和民族精神。抚摸深深的马蹄凹槽，思绪飞扬，盐马情歌填满心胸。

"哦——啊——哦了——"月夜清冷，山歌旷远悠长。风送马铃铛声远，心随山歌走，由怒江盐马古道通向云南茶马古道。

彭愫英

2014年2月16日

喇鸡鸣井

古盐镇啦井

顺着如心情一样起伏的公路,过西关桥,蜿蜒融入古盐镇啦井,青石板依旧把沧桑送给每个游人。古老的店铺,缝纫机"哒哒"欢快唱着,剪裁鞋样的安静面容,挑针纳线的微笑,悠闲散步的小狗,夕照里,恬静地欢迎远方客人的到来。

土坯垒成的墙、木板窗下的柜台、青瓦上的草与高楼上飘扬的旗帜、装饰华丽的店铺、热火朝天的建筑场面,古朴与现代,和谐地在垂

盐马古道

柳掩映的古盐镇上演。

一堵废弃的墙上，草书"为人民服务"以及毛泽东的名字。光线透过稀疏的瓦片，投在灰尘蒙面的石灰墙上，光斑有痕，红色书法遒劲有力。走过古街，镇政府办公大楼红色墙体衬托镏金大字"为人民服务"。我有点感动，刻写在两堵墙上的"为人民服务"，静静地讲述着小镇的昨日故事和今天仍留有的缅怀及热情。

红墙楼房后面，是一幢陈旧的老房子，这是当年兰坪县委、县政府的办公大楼。20世纪50年代初期，兰坪县城从沘江河畔的金顶镇文兴街搬迁到玉龙河畔啦井镇玉春街，啦井一度成为兰坪县政治、经济、文化中心。1985年8月，兰坪县城从啦井搬迁到金顶镇江头河沿。旧房寂寥，默默讲述兰坪往事。

古盐镇的繁华，随着马帮沉寂成了历史；兰坪县政治、经济、文化中心的辉煌，随着县城的再次搬迁载入史册。啦井风采依旧，抒写兰坪县绿色工业园区的佳话。

走在啦井，我没有刻意地询问，心却时时感动在老百姓自然流露的微笑里，朴素的赞语，让我的笔饱蘸深情。

站在笔架峰半山腰浏览啦井全貌，"满目青山翠，流水碧天蓝"。坐落

古巷深深

在玉龙河两岸的啦井镇，盐场旧址上高耸的烟囱是古盐镇的标志。政策性下封闭了啦井盐矿洞门，撤掉了真空制盐厂房。啦井结束了生产盐的历史，贫瘠的土地财政税源匮乏。晨曦里经济林木基地葱绿，我的神思在初升太阳光照里飘逸。

老一代人喜欢称啦井为喇鸡鸣井。这与啦井上方不远处的台坡地老地盘有关。《兰坪县地名志》记载，很早以前，有一家为逃躲兵患的湖广人始来这里安家落户，他们从家里出发时随带了一只大公鸡，经过长途跋涉，这只公鸡才在宿地振翅长鸣，主人认为这是吉祥之地，是可以避免兵患的好地方，于是就在这里安居，并唤住址为喇鸡鸣。后来这家人在住址下面不远的山箐底发现有盐水，又迁居那里煮盐为生，新迁的地方称喇鸡鸣井，原址在后人定居时改称老地盘。

早在清道光二十三年（1843年），啦井便以开采盐矿生产优质桃花盐而闻名遐迩，曾经商贾和马帮云集，衍生独特的盐马古道文化。啦井曾一度成为兰坪县的县城，在怒江州经济发展中起着举足轻重的作用。随着兰坪县城的搬迁以及国家政策性封闭盐矿，啦井悄然从历史舞台退下来，沉寂在滇西北一隅。距啦井正式开井报课164年的5月上旬，我的盐马古道之旅拉开了序幕，古盐镇啦井成了首站。此后多年，我以啦井为轴心，沿着散射的盐马古道行走，古今人文变迁让我颇多感慨。

首次行走在啦井古道上，所到之处，我听到最多的描述是去年举办的首届盐马古道文化节。盐马古道文化节集文艺、物资交流为一体。着力打造古镇盐乡文化品牌，摆到了镇党委、镇政府办事日历上。啦井财政收入增加，农林业增收和投入加大……啦井人满怀喜悦和自豪地跟我说起了啦井今日风貌，着手准备迎接第二届盐马古道文化节的到来。

当拖欠的医药费得到了解决，老干部眼里泪花盈盈；当赊欠的小食店钱得到解决，供读女儿读大学得到保障；当盼望已久的盐马古道文化唱响，盐民回忆心酸往事时的感慨……讲述者眼里的泪水，不知不觉盈满我的眼眶，深情的话语震颤我的心弦。发生在啦井镇的片段拾遗，点点滴滴从心上流淌。

盐马古道

古店铺

　　啦井有闻名遐迩的桃花盐矿，也不乏天然如优质矿泉水的水，这样的水，造就了闻名的马道子酒和五味红酒。五味红酒的前身，竟是盐马古道赶马汉子和背夫采摘的鲜果装在口袋里时间过长，加之袋中有糖，自然发酵后形成的一种天然原浆红酒。啦井素有"小春城"之称，森林覆盖率达78%，有丰富的自然生物资源和中药材资源。保存完好的生态环境让人赏心悦目，而杜仲基地、五味子基地、核桃以及药材等基地的建设，啦井人悄然谱写"兰坪绿色工业园区"的佳话。

　　人心是一杆秤啊！

　　月色溶溶，思绪悠悠。

西关桥

"关隘峭壁锦桥画阁玉龙水,文笔雄峰机声飞雪古盐矿。"与西关桥紧紧相连的迎客大门,内侧的对联横批"山关凝翠"。公路在这里转了一个弯,两岸突兀的峰峦对峙,一桥当关,万夫莫开。

西关桥是云南省怒江州古盐镇啦井的门户,横跨玉龙河。拱形的桥上亭台楼阁,雕梁画栋。河东岸,桥的亭台两面,白色石灰墙上手书"江河有声""智水仁山",黑色的隶书大字在白底红檐下格外显眼。

古盐镇西关桥

西关桥实际上叫兴隆桥。当年的古盐镇啦井,有四个关口把持盐的通路,那就是西关、东关、南碉楼、北碉楼。东、西关在横贯啦井镇的玉龙河上,是典型的桥梁楼亭建筑。东关把守通向大理、丽江直达茶马古道的盐路,西关把守通向澜沧江、怒江到达保山、迪庆、缅甸的盐马路。南、北碉楼设在环护啦井镇的南北山峰上,山峰上有碉楼哨口,两挺机枪架在高高的碉楼上,与东西关遥相呼应。四个关卡,除了西关桥保存尚好外,其余三个关卡荡然无存。

走在桥上,看到桥的檐廊上有"义路""礼门",正思量间,有山民从身边经过,走上山间小路,隐没在树林里。悠悠地在桥上踱步,温暖的阳光照在桥身上,没有感受到想象中的阴森。听老一辈人讲,当年的西关桥,比现在修缮过的这座桥规模大得多。高大宽阔的桥有上下两层,桥中间宽阔的走道供行人马匹通过,走道两边的房屋装满棺材,楼上也是装满棺材的房屋。这里是盐大使杀害穷苦人民之地,也是缉私放私出关之地,这个被人们称为杀人场的西关,太阳还没有落山,桥上弥漫着浓浓阴气,令人望而止步。

我依着桥栏杆往前看,急坡街静静地呈现眼前,高耸的烟囱在蓝天白云下述说盐矿历史。公路上不时有车通过,山谷的寂静被车喇叭打破。桥的右前方,飞瀑跌落。

顺着玉龙河流向,我在回放自己的童年。我的老家营盘离啦井只有17公里,父亲曾在玉龙河边一个小型发电站工作,学龄前的我,脖子上挂着口哨,像个骄傲的公主在河畔吹响口哨。玉龙河与澜沧江交汇处有一片芦苇,我和小伙伴常在那里捉水鸟和野鸭。每当农闲季节,营盘涌来马帮,田野里飘荡着酥油糌粑香味,我和姐姐割草卖给马帮以便买作业本。立夏时节,我们跟着大人徒步,沿着公路走,到离啦井盐厂不远的玉龙河边取立夏水,听大人讲,喝下立夏水就会祛病避邪。

山高水险,古盐镇啦井关卡重重,我无法想象当年的背夫,在盐税苛杂下,悄悄从灶户手里买下私盐,是怎样避开关卡,与全副武装的缉私队周旋的!他们翻山越岭、渡过险滩,把盐巴背到澜沧江畔的营盘镇、兔峨乡，或者翻越碧罗雪山到怒江大峡谷，仅仅只是为了赚中间的差价，辛苦和危险可想而知。

  我在啦井采访的三天时间里，曾两次到西关桥拍照。经过一片树林，我被对面山峰上一朵厚重的白云吸引，向导指着白云说，云朵下面就是南碉楼的遗址。走不多几步，向导指着一棵树对我说，这棵树上曾悬挂过一个人头，那是从怒江来啦井背盐巴的一个汉子的人头。母亲风尘仆仆从怒江赶来，抱着儿子的人头，边哭边唱着歌谣给儿子喝酒，酒从断了的脖颈处流出来，湿了母亲的衣襟和裙子，那情景很悲惨。向导的描述让我感到夏风突然冷了起来，眼光不由望向西关桥。从西关桥上走过的母亲，背着儿子的人头，却不知儿子身子流落何方，心已破碎，还能经得起碧罗雪山上的风雪，走得到怒江边千脚落地的茅屋吗？

  玉龙河水不像传说中的凶险，宽宽的河床，裸露的鹅卵石，枯瘦的河水平缓地流着，我难以把眼前的景色与背夫跟我讲的情景联系在一起：背着一背箩盐巴，压在肩上的背板很重，背绳勒住了头皮。走在齐腰深的河水中，眼看就要到玉龙河两岸，只要走入茂密的森林里就不用担心遇到缉私队了，正暗自庆幸，"哒哒哒哒"，水面上突然弹跳起水花，身边的盐工中弹倒在水里，鲜血染红了清澈的玉龙河，关卡上的机枪犹在喷射着无情的火舌，河岸杜鹃花、滇藏木兰花开得娇媚无比……

  盐马古道的悲歌和凄惨的故事，随着中华人民共和国的成立和兰坪县解放已经成为历史。站在西关桥上，我的眼角湿湿的，白发苍苍的老人向我讲述当年的背盐史，心酸的眼泪簌簌地流。

  眺望远山上空飘逸的白云，神思飘荡在千山万壑里的盐马古道。阳光灿烂地照在西关桥上，啦井，我伸开双臂拥抱你的沧桑！

初夏的诗歌

　　五月的啦井，青青垂柳拂动旅者的心。玉龙河两岸的民居，在柳荫深处或隐或现。天空蓝得醉人，白云悠闲散步，燕子欢叫着飞来飞去。穿过小巷，狗吠声声，不时有柳丝轻拂脸面。房前屋后，花墙扑入眼帘，淡淡幽香在垂柳轻拂里飘溢。

　　以盛产桃花盐著称的啦井，在我的印象里，春天最早来临这里。每年的冬天，当35公里外的兰坪县城还在雪花飘舞，17公里外的营盘万物还在冬眠未醒的时候，啦井已经是一片春意盎然了。玉龙河两岸的垂柳舒展衣袖，青青的嫩芽，点点飘舞的绿色，使得风尘仆仆的旅者心神为之一爽。

　　一说到滇西的优质盐，兰坪人总会自豪地说，那是咱家乡的啦井盐；一说到兰坪的春天，啦井人就会自豪地说，春天最早来到咱啦井。春天来了吗？冬天，如果你在兰坪这样问，人们就会回答，你去看看啦井的垂柳吧，柳枝早就唱响了春之歌！春天还在吗？盛夏和深秋，如果你在兰坪这样问，人们就会回答你，你去看看啦井的垂柳吧，柳枝还在跳着春之舞。

　　垂柳依依的古盐镇，自从2005年国家对盐业产业布局进行战略调整，关闭了啦井盐矿后，昔日繁华不再，悄然地从沸腾的历史舞台上退了下来，沉寂在历史长河中。冷清的现状，让我总想起这个诸龙汇聚的啦井，玉春街上熙来攘往，叫卖声、马帮铃铛声不绝于耳，而今龙已去，西凤岩上栖息的凤凰，是否也哀鸣而去？

用手拂开挡在眼前的垂柳，我不由想起白居易的《青门柳》："青青一树伤心色，曾入几人离恨中。为近都门多送别，长条折尽减春风。"东、西关桥前，玉龙河畔，折柳相送的泪水，在弯弯的古柳树干上留下皱褶。笔架峰上挂住白云，那是马帮离去时恋人无心刺绣的绣布。回头泉边，千叮万嘱变成水厥无言的守候。

求雨时节，啦井人用柳枝扎成翠龙，12个耍龙人意为12个月，有5人至7人敲锣打鼓，其余的抬着龙，先到龙王庙祈祷，祷告完毕，从龙王庙一路耍龙下来，经过大街小巷。急坡街、虾蟆坪、平街子、杏花村、前街、后街、四方街……家家户户准备了水，一旦耍龙人经过，就把水泼到龙身上。龙走远了，人们还追着泼水，湿漉漉的街道上欢声笑语，耍龙人浑身湿透了，脸上挂着水珠，在如注的泼水中高声念着祝福的话，把锣鼓敲得震天响，耍龙更加起劲……

走在凹凸不平的古道上，我用脚丈量马蹄凹槽。站在回音壁前，看着蓝天白云下的啦井，走不出牵挂的目光。对着回音壁，我大声呼喊，回声悠远，飞燕和鸣。

马铃铛声响，马匹驮着柴，从盐马古道上走来，经过垂柳蔽阴的小道，向啦井街上走去。我不由想起了经过急坡街时看到堆在房屋后的柴堆。在真空制盐之前，一百多年来的啦井制盐史离不开木柴，啦井周围的原始森林因此被砍伐殆尽，玉龙河运载木头的壮观场面在历史长河里让人反思。思绪浮想联翩间，一位背着书包的孩子，蹦蹦跳跳地迎面走来，经过古柳下时，她放慢了脚步，唯恐惊扰柳树的午梦。我被孩子神态吸引，不由摁下快门。

放眼四望，周边山坡一片翠绿。向导指点道："那是杜仲林，那是五味子林。"还有龙竹林、花椒林、核桃林……

垂柳抒写诗意，啦井的初夏不再是折柳伤情。

啦井，让人品味！

盐马古道

垂柳依依

盐工故事

　　啦井四方街难觅踪迹，当年古巷深深，店铺一家紧挨一家，只留下零碎痕迹。垂柳轻拂寻踪古道的心情，玉龙河畔，炊烟袅袅飘荡旅者的感受，盐工故事饱蘸笔尖。

　　走在啦井，我仿佛看到，五口大锅架在一个火灶上，火烟出口处的锅里装着水，左右并列的四口大锅装着盐水。一位只会拿绣花针的小脚女人，把一块栗柴往灶洞里塞，火苗映红了她疲惫的脸。她拿起一把大勺，把前两锅里的水不断舀到后两锅里，用勺敲打锅底的盐。火星迸溅，被烫伤的小脚上，旧伤未愈新伤又添。旁边帮忙的大儿子，白天在矿洞里干活，双脚浸泡了一天盐水，有点烂了，但他没有告诉母亲。他接过母亲手中的大勺，爬上高高的灶台，用力敲打锅底的盐。将四锅盐煮好，需要 24 个小时。疲累的孩子实在困极了，不小心踩在锅盐上，脚被烫成了花萝卜。

　　啦井盐矿丁份制的实行始于清朝，一直沿袭到民国，分灶、半灶、丁。一灶盐水要煮一个月，半灶盐水煮半个月，一丁盐水煮几天。以出灶收租的灶主和雇工煎盐的丁份大户随之出现，苛捐杂税和黑社会势力蔓延，使得煮盐的灶户苦不堪言，于是，就出现了走私私盐，因为每丁或每灶没有严格地规定煮盐数量，尽管盐矿有斤数限制，这里有人为的因素在内。

　　解放前的啦井盐矿，共有 81 灶，灶的专利在大理剑川。在衙门当差的杨师爷从剑川买来了一灶，交给妻子煮盐。一灶原盐矿 2000

盐马古道

已退休的中医师赵桂孙曾经是盐工

斤,盐卤水4塘计20方,交盐的底线是每月4000斤至5000斤。杨师爷的妻子学会了抽鸦片烟,把驮柴的4匹驴子卖掉了,杨师爷大怒,休了妻子。在一次西藏马帮闹事中,杨师爷受到牵连曾一度开除公职回家。解放后,其儿女成了盐厂工人。

家庭煎盐演绎无数灶户的故事。残酷的剥削让灶户们不得不想办法对付缉私队。于是,在盐起锅后划分成四块时,他们在每块盐旁边敲下一点盐,藏在隐秘处,积少成多后悄悄地卖给走私盐的。有一次,缉私队接到告密,来到一户人家查私盐,这户人家有2丁盐水,那天正好把一块盐藏在柴堆后,看到缉私队来了,机智的女主人以赶鸡为由,有意将柴堆弄乱,躲过了缉私队的搜查。灶户们私藏盐,如果被缉私队抓到,不仅罚现金100元,还要关押1个月。

每每听到盐工的故事,心尖颤动历史沉重的叹息。

站在啦井镇卫生院门口,看着商贩和行人的笑脸,目光不由沿着平坦的水泥路,望向前街深处,前街尽头,有一座水泥桥,过了桥,就到了盐矿所在地急坡街。这条路上,不仅有马帮的蹄印,还有盐工的无数脚印。那些悄悄地在身上藏一点盐巴以换得一点生活必需品的盐工，那些在盐矿洞里骨瘦如柴的盐工，那些倒毙在岩洞里的盐工……历史似乎久远了，可是活着的盐工，每当回忆往事，往往泣不成声。

从清朝到民国，当政腐败，税多而重，盐贵如珠玉。于是不断有反暴政的起义发生，在兰坪的盐业史上书写下厚重的一笔。

每每翻开采访笔记，盐工的血泪和抗争故事，让人思古抚今。在啦井走访盐工期间，我特意去拜访了一个盐工，大家都说她的遭遇最伤心，每当讲起自己当盐工的经历，她就会控制不住地哭起来。人到伤心泪才流，这位老阿妈的盐工历史浸透血泪……老阿妈随女儿到北京玩去了，虽然没有见到她，但知道她的儿女们都参加了工作，成了国家的干部，她的晚年生活幸福美满时，我欣慰地笑了。

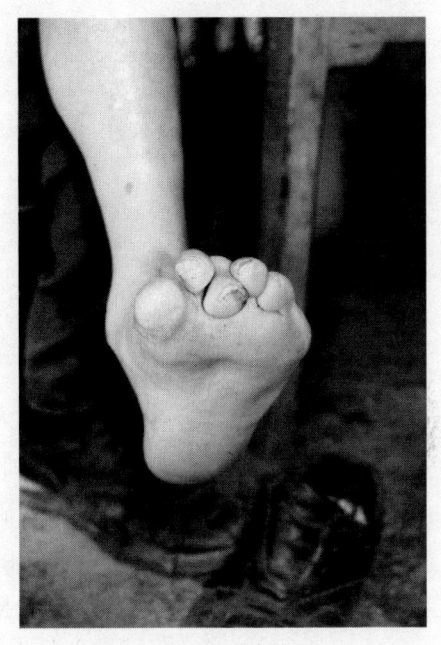

盐工赵桂孙变形的脚

 盐马古道

场署春秋

随着在古盐镇啦井对盐矿工人的深入采访，场署在我的记忆里渐渐清晰起来。斑斑血泪，让我感到来自场署的嗖嗖冷风。

一个阳光灿烂的下午，在盐矿老工人张阿姨的带路下，我特意去拜访场署。场署就在啦井主街道的菜市场尽头，一座四层钢混水泥楼房，兰坪县城设在啦井时，这里是百货大楼，而今是啦井镇卫生院所在地。

从侧门进入，我这才知道景中有景，别有洞天。当年的场署，已经被分割成三大部分，一部分就是面对大街的卫生院，一部分是建在卫生院背后的啦井镇中心校办公地和幼儿园所在地，另一部分是私人住宅地。

啦井镇卫生院

从幼儿园办公楼石阶而上，园内姹紫嫣红。正是暑假时节，啦井中心校办公的地方和幼儿园教学区铁将军把门，门卫看了我们一眼，又忙着做事了。幼儿园围墙外的私人住宅，保存了当年场署房屋的原样，

这是唯一保留下来的一栋当年场署建盖的房屋，一眼可以看出其年代久远。

为了将场署遗留的旧房看得更真切，我爬上水泥桌台，将镜头拉远拉近看得很仔细。这是一栋普通民居，二层楼房，土木结构，房顶铺着瓦片，典型的白族木雕镂花窗户，下层堂屋门两侧码着柴火。屋前串串红开得热闹，向日葵和玉米长势喜人，庄稼地包裹的场署旧居傍依青山，静谧在蓝天白云下。

场署机构，在兰坪没有正式设立县治以前，是一个集行政、司法、盐政管理大权于一身的封建官僚统治机构，拥有自己的武装力量。翻开《兰坪盐业志》，场署春秋让人掩卷沉思。清雍正六年（1872年），在金顶镇下井建立盐大使署直至清末，其主要职能是分卤督煎、征集灶户煎获盐斤和就场征税。大使署大使为正八品，下设卤书、通事、井役、井兵等人。清光绪十三年（1887年）以前，兰坪场署机构为省盐道委提举使署管理，之后隶属白井（今楚雄州姚安县境内）区提举司。同治十三年（1874年），大使署移驻喇鸡鸣井。民国元年（1912年），白井区提举司改为云南军政府白井区督煎督销总局，在兰坪白地坪成立督煎督销局，啦井设督煎委员和督销委员。民国二年（1913年），云南省盐政处成立。民国三年（1914年），白井区督煎督销总局改为白井区场务总局，啦井升格为场务分局，分局长由原督煎委员担任，原督销委员为收税员。民国五年（1916年），场务总局改为场务局，场务分局改为场公署，啦井为三等盐场公署，设场知事1人。民国十八年（1929年），场知事改称场长。民国二十七年（1838年），啦井收税局和盐场公署合并，改为白井区盐场公署喇鸡鸣井场务所。次年，白井区盐场公署改为迤西区盐场公署。民国三十五年（1946年），迤西区盐场公署从大理迁到乔后，啦井场务所升格为喇井盐场分署。1949年5月，啦井解放。1953年3月，迤西盐务管理处升格为乔后盐务管理分局，啦井场务所改为啦井盐场。1962年6月，改场为矿，啦井盐场称地方国营兰坪县盐矿，隶属于兰坪县工业交通局。

面对历史遗留的痕迹,站在当年场署院坝里,我似乎听到了惨叫声和愤怒的控诉声,盐大使杀人场地在西关白雾阴森,如今已经被阳光驱散。双耳被铁钉钉在墙上的私盐犯,被缉私队随意枪杀的背盐工以及拣到路边一点盐砼的乡民,藏商阿宝不堪欺压聚众袭击场署事件……翻开场署旧皇历,这个机构留下的敲髓吸骨,残杀无辜,累累的劣行罄竹难书。

场署旧址

民国六年(1917年)农历正月初六,拿着大刀弩弓的傈僳族和沛三抗暴政起义队伍从长涧出发,把啦井四周的关卡通道占领了,打败了缉私队的抵抗,占领场署,没收场署财产,处决了作恶多端的盐场场长,打开盐仓,给穷苦百姓分送盐巴,焚毁了场署。后来起义部队遭到政府军的残酷镇压。

1949年5月初,在中共滇西工委的领导下,兰坪县通(通甸)兰(上兰)暴动取得胜利,5月中旬,中共滇西工委领导人王北光率领通兰人民自卫军从九十九台地进啦井,突袭占据啦井南碉堡的"共革盟"主力,啦井地下党接应,场署盐井队携枪起义,战斗打得激烈,"共革盟"妄图从西关逃窜,遭到堵截,在夜色里向期井方向逃窜。

场署的罪恶历史随着啦井解放结束了,但留在老盐工记忆里的血泪难以抹去。面对潸然泪下的老盐工,我记笔记的手沉重,心也沉甸甸地难受。从急坡街经玉龙河上的石桥,走上保存完好的盐马古道石板路,旧铺面林立的前街尽头就是宽阔的啦井菜市场,卫生院的现代建筑大楼让行人难以看到当年场署风貌。

我在前街一户盐工家里采访,老盐工拿掉帽子,让我看她花白头发难以遮盖的背绳勒痕,从盐矿经过前街到场署,往返背盐巴一辈子的人,提起场署,道不尽满腹心酸……

坐在花坛边等我的张阿姨,起身时吃力万分,我忙拉住她的手,她对我笑了笑。从小在盐灶边煮盐,以及背盐矿和井下作业,让她得了严重的风湿病,双足无力,儿女们想尽办法医治也难治好。

幼儿园墙上画着小马过河和龟兔赛跑的故事,花坛里鲜花竞相开放,蜜蜂自由自在采蜜。虽然时令已经是夏天,但被誉为"小春城"的啦井,处处一片春的景象,春色满园关不住。

幼儿园大门

告别场署旧址,走到大街上,燕子叫声清脆。我仰头看蓝天白云间飞翔的燕子,羽翼剪过历史伤痛,心轻盈了起来。

急坡街

　　坐在山坡上，夕晖中的急坡街镀上了一层柔和的光。封闭的盐矿三个硐门散落在身畔，通风硐隐没在杂草灌木后，盐卤水硐置身在菜地里，水管从侧边过。矮处的盐矿硐顶，圆形的水缸明晃晃，硐门下流淌出一股清澈的盐卤水，硐壁和盐卤水流经的地表析出一层白色的盐花，村民挑着水桶匆匆走过，盐卤水在桶里晃悠悠。盐场旧址遗留的烟囱高耸入天，车辆不时鸣着喇叭从烟囱旁经过。

　　每次从急坡街经过，恍惚踩在历史脚印上，闻名滇西的桃花盐往事扑面而来。急坡街在世事沧桑里从容平和，揭开其面纱，沉淀的故事让人掩卷沉思。往事如烟，难以拂去心头的慨叹。

　　当年的盐卤水仓房而今已是民居，一只哈巴狗从门里跑出来对我们狺狺，一旁的办公地点铁将军把门。窄窄的村道绕着仓房而过，沿着山坡通往各个硐门。难寻盐卤水仓房

急坡街村容

里的大缸，门口的小缸也荡然无存。

急坡街是盐工和外地人流落到啦井的落脚地，茅草房、板板房、窝铺紧挨。虾蟆坪和平街子紧挨着急坡街，煮盐人大都住在这三个地方。每当天蒙蒙亮，盐卤水仓房门口就排满了领盐卤水的人，木槽管道从盐卤水仓房接到煮盐巴的人家里。煮盐人家里也有缸，那是用来泡盐矿的。盐卤水仓房里的大缸就是储备盐卤水的，而门口的小缸，有一定刻度，按照煮盐人的丁分配给盐卤水。

盐场烟囱

急坡街住着一伙特殊的人，那就是拉竜人，拉竜人全都是身强力壮的盲人。所谓拉竜，就是用长一丈五左右的大木筒，用竹子绑了干净的布，把盐卤水抽上来，层层传递到盐硐口。盐硐里一般用九个盲人拉竜，因为谐音，被大家称为九龙。

《兰坪盐业志》记载：清道光二十三年（1843年），喇井正式开井报课，隶属丽江井子井。咸丰十年（1860年），回民义军将领姚得胜攻占喇井。同治二年（1863年）开恒丰硐，矿卤兼产。同治九年（1870年），清将张润攻陷喇井，清政府饬杨玉科整顿迤西盐务，一度封闭丽江四井，专开喇井，祥定灶户开拓盐路。同治十三年（1874年），迁大使署进驻，变子井为母井，因硐顶陷落，淡水浸入化矿为卤，光绪间架设木竜汲卤……

啦井盐质优良，含有天然碘，因颜色呈淡红色，被称为桃花盐，供应大理、丽江、迪庆和西藏部分地区，远销到缅甸北部地区，深受当地群众喜爱。桃花盐雕琢的工艺品，具有极高的观赏价值。

说到桃花盐,就不能不说缉私队,而盐矿所在地急坡街也和缉私队有着渊源。

缉私队的主要任务是堵截私盐。灶户在熬锅底盐时用竹篦笆将之隔成四块,起锅时在每块盐上悄悄割下一小点作为私盐,或者在锅底盐快熬好时,在锅边擦一圈成锅边盐,这个锅边盐就是私盐。官盐贵,买不起官盐的贫民购得私盐,不敢走驿道,钻丛林、走险路,与缉私队玩起了游击战,于是就有了急坡街缉私队抓住背私盐人背板不放,背私盐人拿出小刀杀死了缉私队员的故事;缉私队杀死背私盐人,丢入急坡街一户人家里,这户人家不敢反抗,只好搬离住处;用柴火换得盐砣走在急坡街上的卖柴人,被缉私队诬为偷盐砣而遭到枪杀;有人在急坡街路旁草丛里捡到盐砣,躲避缉私队追捕,失足落入深箐而亡;缉私队突袭灶户搜查私盐,灶户机智地把私盐藏在柴堆里……

解放后,啦井盐业的发展历史更加辉煌,但林业却遭到了破坏,这个现象直到真空制盐后才得以控制,急坡街附近光秃秃的,山体滑坡。现今,啦井镇政府打响了建设兰坪县绿色工业园区的攻坚战,开发绿色产品和林业产品的同时,广植经济林木,急坡街附近,核桃和五味子林已成型。

一场大火将小平街从啦井彻底消失,我再也找不到往日繁华闹热的小平街,地壳变化后小平街的遗址只留下了垂柳青青的坎垄,玉龙河在垄下欢唱流过。小平街上方的虾蟆坪,一条公路延伸历史记忆,公路一头通向大理,一头通向营盘镇到怒江州府六库。急坡街紧傍公路,我从公路上往急坡街走去,村口水泥路边一幢普通的民房让我难以置信,这里曾经发生了一起轰轰烈烈的命案。村民无奈之下杀死了一个无赖,把无赖埋在房内,官府来抓时这户人家矢口否认,为了消灭蛛丝马迹,村民放火烧了自家的房子,结果引起了急坡街大火,急坡街被焚……

走过急坡街,步履与历史合辙,思绪波涌起伏。沧海桑田看今朝,夕晖下的羁旅不再流连在历史的伤痛里。

盐味悠悠

从啦井镇盐厂的旧址横穿而过，到了一个箐沟，逆溪而上。夕阳下的急坡街安宁祥和，炊烟袅袅。走不多远，小溪右边一个高坎上，有一股水流了下来，坎壁上铺了一层如白霜样的东西。

当我知道这是从盐矿硐里流出来的卤水时，心里有了一丝说不清道不明的激动。爬上高坎，但见盐卤水经过之处，水两边的红土上铺着一层白花花的盐，在阳光下耀眼。行走在紧挨盐卤水的小道上，我不由想起有关啦井的典故。

啦井，原名"喇鸡鸣井"，相传，喇鸡鸣村有人放牧羊群每次到此，羊群都要到箐沟舔食地上浸出的白色东西，牧羊人很奇怪，不由蹲下身尝了尝，这才知道地上浸出的白色东西是盐。后来开井报课，啦井因此得名。在啦井镇，地名里有"井"，都与凿井制盐有关，除了啦井外，还有期井。

啦井史称喇鸡鸣井，所产之盐品位高、质量好，碘含量适中，口感自然，因盐呈桃红色，故称桃花盐，为云南盐中最佳最美而味厚者，于清道光初年（1821年）发现、道光二十三年（1843年）开办。1983年全国井矿盐质检中心检测分析结果显示，啦井的锅筒盐质量居全国第一。

到了盐矿硐门口，但见一堵水泥墙封闭了矿硐门。水泥墙下，有一个透气孔，盐水从透气孔里流出来，如果不是水沟边析出的盐晶粒，清澈的盐水和小溪水没有什么区别。用手蘸了盐水尝尝，好咸！

品尝盐卤水

　　坐在矿硐门边休息，我不由对硐里的世界想入非非。盐工每天就从这个矿硐门进去，路一直向上延伸，到了矿硐中间就一直往下走。背矿盐工手里提着矿石灯，蜗牛般爬行在矿硐里。盐矿职工子女为了帮父母完成硬性下派的任务，放学后匆匆赶到矿硐里背盐矿。小时，我跟着母亲从营盘出发，走17公里路到啦井街卖米，投宿在盐场职工张阿姨家里。随着最后一缕阳光在山背后消失，张阿姨进了家门，把空空的背箩放在一边，靠着梁柱休息。这情景，与从澜沧江边背江柴到家里，靠着梁柱小憩的母亲没啥区别。母亲说，张阿姨背了一天盐矿很累，让我别吵着她。

　　放眼围护啦井的山峰，神思缥缈在山谷里，耳畔响起山歌："赶马三年不歇店，处处留下冷火塘。伤心不过赶马人，赶了一程又一程。"山高坡陡，谷深水险，密林栈道，羊肠小路，背盐人和马匹的白骨铺就的盐马古道，有说不完道不尽的故事，泪水浸透的历史，孕育了盐马古道令人心酸的歌谣。

一百八十多年的盐矿历史，从家庭作坊、火法煮盐到真空制盐三个阶段里谱写的啦井盐文化，因国家对盐业产业布局进行战略调整，于2005年关闭盐矿硐门而沉寂，啦井曾经在历史舞台上的魅人形象和特殊的贡献，历史不会抹灭，后人不会忘记！

　　啦井人最自豪的是，啦井盐矿煮盐可以不必加碘，原始作坊加工时期，老百姓哪知道加碘啊，可啦井人没有得大脖子病的，那些吃啦井盐的人，没有谁得大脖子病。离开盐矿硐门时，我用手掬起一捧清清的盐卤水，再次尝了尝，感受桃花盐特有的味道。急坡街的村民告诉我，50斤盐卤水可以煮21斤至22斤盐，可见啦井盐矿品位之高！

　　偶尔碰到村民，挑着一担清清的水从眼前忽悠而过，水面上丢着一两片树叶，我不由想起了密封的盐矿硐门，盐卤水出口处，放着一个红红的塑料瓢。村里有人告诉我，好久不吃啦井桃花盐，觉得吃啥都不够味，于是到盐卤水出处用瓢舀卤水，挑担盐卤水回家熬成盐，也许是人心里作用，觉得啦井盐炒出的饭菜特别香。村里人腌制火腿，也是用盐卤水，不用说，啦井盐卤水腌制的火腿，自然是又香又够味。

　　暮色四起，从急坡街穿村而过，一路上村民热情招呼。路过高高耸立的烟囱旁，我特意站在当年泡盐矿的池塘壁上，无语凝望烟囱。

　　在怒江州，有一句口头禅是这样说的："兰坪人不知道盐咸。"到了兰坪县，这句口头禅就变成了"啦井人不知道盐咸"，大家对出产优质盐的故里人这样说，是带有褒义的。

　　啦井行，盐味悠悠！

盐马古道

古岩洞悲歌

离啦井西关桥不远，有一个古岩洞。青青藤蔓爬满洞口，层层岩石烟熏火燎，灶洞黑黑，尘埃覆盖的历史透过蛛网向我走来。

听老一辈人讲，这个古岩洞，是当年穷苦的盐工栖息地，来自怒江一线的怒族、傈僳族背夫，还有那些住不起店的马帮，都住在这个岩洞里。每当夜晚，篝火燃烧在玉龙河畔，照亮了岩洞里闲聊和埋锅造饭的人们，"呀拉依"唱响河谷。

"呀拉依"，这是傈僳族人对"摆时"演唱的自称。"摆时"是傈僳族话，意思就是"要说的话"，是傈僳族民歌的一种，其演唱内容和句式结构都比较自由，唱完一段常用"呀拉依"结尾。"摆时"有二声部、三声部、四声部等，视演唱的人多少而定。

洞底铺着水泥，火塘里有木炭。沿着洞壁，灶洞高高低低，灶台天然生成。灶洞里有残香，灶台边有青瓷印花酒盅，还有啤

古岩洞

酒，石缝间有柴块。洞中间供奉神牌，摆放着香炉。岩洞顺着山势横向延伸，弯弯曲曲。走不多远，但觉眼前开阔了起来，我们已到古岩洞里最大的洞，里面有三张水泥桌，桌子旁边有水泥凳以及石块垒叠成的凳子，洞边乱石堆上有泼洒的饭。

看到泼撒的饭，我想起昨天是五一节，正巧是农历十五，这是妈妈会做会的日子，自然有人来拜祭石洞。居住兰坪县的白族人，每逢农历初一、十五，妈妈会成员吃斋念佛，拜祭山神、到本主庙磕平安头时，在门口或路边倒一碗水泡饭，这是给孤魂野鬼吃的，小小善心举动体现了这个民族的善良。

把摄影包放在水泥桌上，我在水泥凳上坐了下来。脚下的玉龙河没有河的风姿，宽宽的河床中间，一条小溪唱着歌。目光随着溪流走，绿色山峰深处，有我魂牵梦萦的盐马古道。

离啦井17公里的营盘镇，是从啦井辐射出去的一条盐马古道上重要的乡镇，著名的碧罗雪山鸟道经营盘，将兰坪出产的盐运往怒江，再到缅甸。古盐洞是穷苦背夫和穷马帮的天然住所，因啦井地貌发生变化，我无法看到当年古岩洞风采，但能依稀看出这个岩洞过去的影子。

置身在古岩洞，恍惚看到熊熊的篝火燃烧在眼眸，傈僳族的"呀拉依"、怒族的"哦得得"、藏族的"度母化身"、白族的"开言"等民歌调子交汇响在耳边，马的响鼻声从芳草萋萋的鹅卵石滩上传来。

思绪在古藤上荡秋千，踯躅古栈道。用血泪和死亡铺成的盐马古道，促进内地和边疆的交流。被誉为"死亡之路"的碧罗雪山鸟道，成了历史长河里的一粒沙子，四通八达的公路上不再流传马帮的苦歌，吃盐难的日子一去不复返。如果长眠在古岩洞周边的孤魂野鬼有知，那么享受古盐镇后人路祭的冷水饭时，该是怎样的欣慰！

对这个以博大胸怀，接纳来自他乡的穷苦背夫和马帮的古岩洞，敬爱的心难以言表。

盐马古道

历史人证

穿过啦井街道,从小学大门口经过,沿着通向县城的公路,我们去寻访啦井街上最后一名缉私队员。一座面向公路有三间铺面的楼房,楼房底层是一家网吧,网吧门口,依地势搭出一间简易的房子,最后一名缉私队员黄和塾就住在这里。

八十多岁的黄老精神矍铄,他来自江西省赣州市信丰县,被抓壮丁后辗转来到兰坪。黄老告诉我们,他家有四弟兄,他是老三,当时壮丁四丁抽三,他家曾出钱请人抵兵丁,谁知过了一年半后就再次抓壮丁,他的弟兄们只有小弟在家了。黄老就这样到了中国远征军第二十集团军三十六师工兵营当了一名工兵,民国三十二年(1943年)到大理洱海边集训后,参加了收复腾冲的战役。

黄和塾老人

"我炸了四个碉堡。"黄老断断续续的叙述将我们带回抗战时著名的腾冲战役。

腾冲属于保山市辖区,位于滇西边陲,西部与缅甸毗邻,历史上曾是古西南丝绸之路的要冲。腾冲是著名的侨乡、文化之邦和著名的翡翠集散地，也是省级历史文化名城。由于地理位置重要，历代都派重兵驻守，明代还建造了石头城，称之为"极边第一城"。

1944年6月6日，以美英为首的同盟国军队在法国诺曼底五个海滩胜利登陆。作为中缅印战区主战场之一的腾冲，发生了最为惨烈的反攻战，创造了亚洲抗战首次收复失地、全歼日本侵略者的辉煌战例。

黄和塾所在的三十六师，在怒江栗柴坝渡口横渡怒江，另一个师从不远处的双虹桥上渡过怒江，两师直扑腾冲县（现为腾冲市）城。空军炸开城墙后，黄和塾和班里的另两个工兵为一组，冒着密集的子弹，抱着炸药包来到碉堡下，两个战友离开了，黄和塾就将炸药引线捻成一束在火柴盒上擦，点燃引线后才离开。炸掉了第四个碉堡后，一颗手榴弹炸伤了黄和塾，肠子炸断了。两个工兵回营报告黄和塾阵亡了，想不到时过不久，黄和

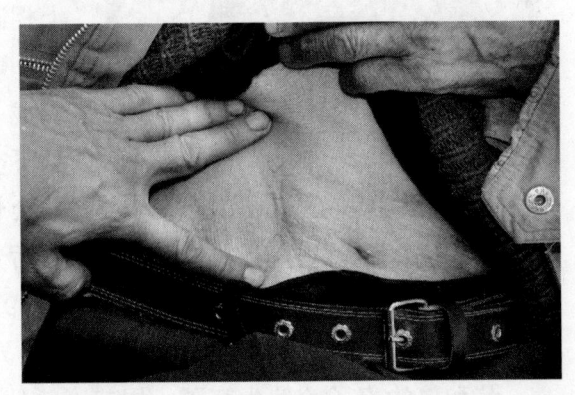

二战留给黄和塾老人的伤疤

塾紧紧地捂着肚子，一身血水地出现在大家的面前……由美国医生做了手术后，黄和塾被转到了大理第八休养院养伤。

黄老说到这里，激动地撩起了衣襟，让我们看留在肚腹上长长的伤疤。惨烈的腾冲战役留给黄老难以磨灭的记忆，在采访过程中，他不时重复"我炸掉了四个碉堡"的话，不由自主地重复说起腾冲战役的激烈战斗场面。我对这位老缉私队员的抗战经历肃然起敬。

在大理养好伤后，黄和塾就被安排到了大理的乔后盐矿税警队（老百姓喜欢称之为缉私队），当了一名缉私队员。后来，驻防啦井的第八税警队官兵犯事，乔后盐矿税警队被调到了啦井，黄和塾也随之到

了啦井,认识了啦井的一位杨姓姑娘,两人相爱后成了亲。

税警队不管马帮,主要任务是堵私盐。背私盐的大多是穷苦人,黄和塾抓到后不为难,叫他们赶快走,别让自己的队员看到,免得大家都受到惩罚。久而久之,背私盐的穷苦人把黄和塾当自己的好友,一旦路上相遇,就会友好地对他笑。

贩私盐的和缉私队员之间形成一种微妙的关系,那就是私下交易。贩私盐的一旦被抓,就会悄悄地给缉私队员一些钱然后走人,如果没有钱也没有关系,这次放人,下次会送钱来。如果这样的私下交易一旦被队友看到并告发,不仅贩私盐人被抓,徇私的缉私队员也会受到惩罚。

抗战胜利 60 周年纪念章

黄和塾的妻子给他生育了一男二女。他曾在妻子死后回到江西定居,但难以割舍啦井情,又回到了啦井镇安度晚年。

结束了对黄老的采访,走在玉龙河岸边,垂柳难以平静心绪的起伏。那些背私盐的,晚上悄悄从玉水河上走,绕道避开山峰上设置的岗哨。急坡街一户人家,因为缉私队员杀死了一名背私盐的,把尸体丢进了家里,无法住人只好搬走;至今传说的缉私队员阴魂不散的故事,说的是一位缉私队员抓到一位背私盐的,死死抱住背盐人不让他走,结果背私盐人抽出一把刀,横劈缉私队员,将缉私队员劈成两段……

缉私队员和背私盐人的故事,被垂柳枝上驻留的春天洗涤。望着远山郁郁葱葱的啦井森林,走在这个沉寂后为兴起悄然起步和奋斗的古镇盐乡,脚步里有了更多的自信。

龙王庙

　　从急坡街往上走,行不多远,树木掩映一座庙宇,围墙上刷的白灰斑驳裸露红土,有土坯补接,大门虚掩,门外石桌石凳,阳光透过树隙洒在石桌上,桌面便有了斑驳的树影。

　　坐在石凳上,打量着虚掩的门,心在探究性猜测,却不急于推门进去看个明白。不知道为何,想在这树荫里的石桌上对弈一盘,寂静的山林,寂静的庙宇,没有鸟声,蓝天上的云做陪,于对弈里,享受心头的一份宁静。

龙王庙房

但我还是推开了围墙的大门，对面屋门上的牌匾"龙王庙""德可参天"扑入眼帘，雕花的木门木窗，如果没有布幔和院坝里的大香炉点缀，与普通的白族民居没有什么区别。侧边是厨房之类，估计来赶庙会的人在那里做饭。

正屋的门半闭半开，龙王不怒自威，两尊并立，一根细线上挂满彩纸，横拉在梁柱上，好像给两尊龙王脖颈挂上了彩色围脖，横幅"万民沾恩"四个大字耀人眼目，大字旁各有悬垂的纸条，上面写着"五谷丰登年年盛，丰衣足食万家欢"等，夜叉手拿武器站立在龙王两侧，光线透过木格子窗户洒在龙王塑像上，用来跪拜的蒲团垫子上有了斑驳的影。

龙王塑像在正屋，右边屋里塑像前横幅"朝真礼斗"，悬垂的布幔上写着"星宿宫中佛道生"等内容，旁边供奉着龙王的神位，上书"招财童子　敕封矿脉得道龙王之神位　利市仙官"，左屋塑像前横幅"泽润群黎"，塑像侧边站立两个手持净瓶的仙童，悬垂的布条上提到春夏秋冬，"春多吉庆常安乐，夏保安宁福寿长"，有关秋冬的内容我记不清楚了。

翻开《兰坪盐业志》，记载：同治九年（1870年），回民义军被镇压后，由清将杨玉科整顿盐务，封闭丽江、老姆井，开办喇井，详定灶户80灶……灶户数目到解放前增加了7户。

人们用特定的容器测量盐卤水的浓度，当盐卤水浓度在21%～23%时，100斤盐卤水就可以煮50～70斤的桃花盐，如果盐卤水浓度降为17%，意味着灶户煮盐白辛苦。盐卤水下降这一年，由场署组织举办龙王会，费用由80灶户上交盐巴所得的收入里扣除。

龙王会一般选在农历五月二十三日左右，会期三天三夜，猪羊大祭。民间认为龙王最爱热闹，尤其喜欢听戏，是个戏迷，于是龙王会就以唱戏为主。庙会这天，四乡八寨的人赶来，各地戏班蜂拥而至，啦井热闹非凡。

当初的龙王庙可不像目前我所看到的。龙王庙古木苍苍，一进三院的庙宇气势恢宏，青瓦白壁的围墙，大门上方是戏台，正对着龙王所住的房子。龙王庙两边搭盖阁楼，达官贵人坐在阁楼里品茶看戏，平民百姓站在楼梯上或者戏台两侧看戏。

龙王庙香炉

啦井解放前夕，龙王庙曾是中共滇西工委领导下的边纵七支队与地下党联络的活动地点，边纵七支队解放啦井，接管了啦井盐矿，在啦井成立了后勤分部，代行政府职责，与此同时，啦井盐厂还担负着滇西北地委的部分军事费用。

离开龙王庙时，我再次坐在庙宇外树林里的石凳上，摄影包搁在石桌上，从树隙穿过的阳光洒落其上，一时心绪难平，想起脚踩的地底下沉寂的盐矿，政策性封闭的盐矿硐门下流出的卤水，清澈见底的水流经处，地表析出白色的盐花，喇鸡鸣井的传说，急坡街书写的血泪，历史脚步遗留的故事，曾经的辉煌和现今的淡然无闻，浓缩在龙王庙虚掩的庙门里。

从急坡街到龙王庙，穿过历史厚积的小道，我有一种强烈的感觉，自己踩在历史的脚印上，情怀鼓荡胸襟，拥抱历史的感慨自心中生。

风吹处，耳畔想起诵经声："本经应水，得道龙王，当年顺风，行雨龙王，九江八河，水增施展，五湖四海，得道龙王，雷公电母，风伯雨师，登云趟动，金泉龙王……"

盐马古道

流连回音壁

古道回音

啦井街尽头,公路顺着山势蜿蜒爬升通向兰坪县城,公路旁边分岔出一条人马驿道,沿着玉龙河往深谷延伸。驿道凹凸不平,马蹄凹槽深深,我轻轻地跨过马蹄凹槽,唯恐惊扰隐身其上的精灵。

路面高低不平,石缝间有干透的马粪。鸟鸣声声,不时有斑鸠从灌木丛中飞出。天蓝莹莹,阳光柔和地洒在笔架峰上。东西对峙的笔架峰与西凤岩,呈丹凤朝阳之状。峰峦层层叠叠,好像随意搁着笔,有的笔尖写秃了。我想定是仙人时常在笔架峰聚会,酒酣耳热之际,扯一块白云即兴题字,于是就有了三岔河典故,引得玉龙春龙舞动,西凤岩上凤凰歌唱。

"叮咚叮咚",马铃铛声声。回头泉旁,水蕨青青,水管林立。在啦井,数回头泉的水质最好,这是啦井镇饮水的主要水源,也是马道子酒厂的水源。马道子酒味道醇美且浓香纯正,在怒江州享有"小茅台"的美誉,与这股优质泉水有关。

赶马帮走夷方,啦井人出门要喝回头泉水,凡喝了回头泉水,无论行走多远,不会忘记家乡,认得回家的路。与回头泉隔河斜望的是回音壁。回音壁和笔架峰相隔不远,是啦井镇两个旅游景点。过往马帮和行人每每到这里,都要对着回音壁呼喊,回音壁热情回应,山谷呼应。

站在回音壁前,虽然不能看到啦井镇全景,但可以看到啦井镇部分房舍,炊烟安抚即将远行的人。过了回音壁,人马驿道转入山谷,树木森森,前路漫漫,不

回音壁外景

知何时是归期。

受向导感染，我对着回音壁呼喊。山风阵阵，山谷回音，玉龙河欢腾。我尽情呼喊，眼泪滑落脸颊。行走在兰坪的山山水水里，我特别想念姐姐，儿时往事从记忆深处浮起。我们在澜沧江畔砍柴时，喜欢对着山谷尽情呼喊，群山呼应声如浪涌，一浪接着一浪，不由开心地笑了起来。芦苇花絮轻扬，我盘腿坐在玉龙河岸边，与回音壁隔河相望。风在耳边轻语，云朵深处没有姐姐身影，岩洞传送背盐人和马帮远逝的信息。

一般用现金交易私盐，也就是铸着龙云、孙中山头像的银币，有保值。最不保险的是印着蒋介石头像的纸币，早上领到手，下午就不值钱了。曾在盐矿衙门当差的师爷，跟我说起旧政府时期，他领薪水时背回家满满一背篓印有蒋介石头像的纸币，却成了废纸一堆，无奈之下将纸币糊了墙壁。

古道向山谷延伸，行走其上，思绪纷纷，想象当年大理、丽江等地马帮以及中国人民解放军滇桂黔边区纵队七支队从山谷深处走向啦井的情景。从东西关及南北碉楼来的各路人马会聚在啦井，古盐镇街头热闹繁华。从怒江大峡谷来到啦井的怒族人拿着蓑衣、麻布换盐巴，一件蓑衣可以换7斤盐巴。蓑衣是个好东西，背盐巴当垫布可避免盐水弄湿衣服，下雨时披在身上可防雨淋，住宿岩洞时可以垫在身下当床睡。从大理、保山、西藏等地运来的茶叶、酥油，还有啦井附近村民砍的柴，都有与盐交换的市场。

翠绿的杜仲林、核桃林以及五味子基地抢人眼球，昆交会上铜矿开发签订振奋人心，富和山旅游开发区荡漾的歌声令人流连忘返。啦井，正以全新的面貌续写古盐镇繁华的明天。

离开回音壁，我极目远眺啦井镇，红土地上的村寨安静祥和，白云如洗，峰峦叠嶂，宛如世外桃源。

"哦——呵呵——呵呵喂——"再次对着回音壁，我酣畅淋漓地喊了起来。

三岔河畔

　　进入古盐镇啦井，除了人们津津乐道的桃花盐外，所听最多的便是三岔河了。

　　五一长假，我去啦井，原本说好要到三岔河的，但过了回音壁，因事返回啦井，心里留下些许遗憾。暑假时，我再次前往啦井，圆三岔河一游的心愿。

　　源于海拔3200多米的大麂子山炭山沟小溪与源于长岩山北麓岩蜂窝小溪、四十里箐小溪汇合于脚裂山下三岔河口，便是被人们称之为三岔河的地方。我和向导搭便车到山神庙。庙门前，一条古道沿山势而下，蜿蜒伸向山谷深处。古道是人马驿道，由青石板铺垫而成，上面苔藓斑斑，落叶满地，于无声中透出岁月沧桑。石板路两侧，翠竹随风摆动。碧竹挺拔，沿石板路而生，树林茂密地铺散开去，既包裹着翠竹，也围护着青石板路。阳光透过树隙洒在古道上，一朵朵"太阳花"开。行不多远，阳光吝啬了起来，石板路变得潮湿，苔藓蔓延，路面打滑。我护住相机，落步小心翼翼，眼光却扫视四周，不错过美景。森林里充斥着一股枯枝败叶及枯树桩散发的腐朽味，混合着森林特有的甜甜气息。

　　路上碰到两个身背竹箩的中年人，看样子是一对夫妻，披着塑料布，背箩也用塑料布包裹得严严实实。丈夫背着背箩立在路旁愉快地回答我们的问话，他们到山里拾菌子，拾到珍贵的羊肚菌和松茸菌。妻子将背箩停放在坎子上，抬手擦脸上汗水，微笑着听我们对话。

羊肚菌是一种珍贵的野生菌种,由于它的菌盖表面凹凸不平,状若羊肚,故名。羊肚菌食之味美,用之可入药。据李时珍《本草纲目》记载,它与冬虫夏草功能相同,是一种纯天然滋补品,市场上售价不菲。松茸菌亦是食用菌中珍品,有"蘑菇之王"之称,据说,该菌不仅有美容、强身等功能,尤其难得的是,它还有极好的抗核辐射、抗癌功效。

话别那对夫妇,我们朝三岔河方向前行。听着向导小郑介绍山林经济,我感慨地想,兰坪深山丛林处处藏着宝啊!我不由回头,拾菌子夫妇背影隐没在山林深处。水声隐隐传来,树木渐渐稀疏,眼前豁然开阔,耳畔传来河水欢唱声。水蕨铺展开来,宛如一块绿色地毯,路也平坦了许多。

不远处忽见一朵浅紫色怒放的花,盛开在深深的马蹄凹槽旁。我不由得快步奔了过去,蓦地,那花一齐动了起来,无数精灵般的彩色小蝴蝶四散飞开。我睁大了眼,被此情此景惊愕得不知所以然。

小郑看我还惊讶地瞪着眼,不禁笑出

杨玉科路

声来，说道："不必如此，一路上这样的'花'还会有很多呢！"

"果真如此吗？"我疑惑地问。

小郑笑而不答。

我凝然注视四散飞去的小蝴蝶，赞叹不已。

石板坦现深深浅浅马蹄凹槽，我们所走的这段古道，是杨玉科路的一部分。咸丰十年（1860年），营盘镇西营村人杨玉科因发放私盐给周围百姓而被官府抓押，他在从营盘押往啦井的途中逃脱。因为不敢走官马道，他逃至三岔河后，没有走上九十九台地，拐入官道右面山箐无人涉足的森林里，一路往东奔行，他居然在无人涉足的原始森林里蹚出了一条路，抵达金顶镇沘江河畔。未曾想到的是，他这一迫于无奈的森林之行路线，比走大路缩短了一半路程。后来，杨玉科投军发迹，不忘报效桑梓，他不仅新建营盘街，创办沧江书院，修建爵府，引进树种植树造林，兴修水利，还依照他当年逃脱官府兵丁押解时所走路线，改

马蹄凹槽

建了从营盘到啦井至金顶的盐马古道,被当地老百姓称为杨玉科路。杨玉科路中,从啦井至金顶白地坪,路面全部用宽约1.5米的石板铺砌而成,可容得往来对头马让道通行,且设置了由啦井到白地坪的山神庙、中哨房、外哨房三道哨所,募人常驻保护行商。盐马路的改造和哨所的设立,道路变得平坦,避开了九十九台地,使啦井通向金顶的路途缩短,也解决了行人及马帮饮水难的问题,还避免了冬季雪封山道路不通,同时也防止小股匪徒抢劫行为发生。内地经盐路山到金顶再到啦井的盐马古道,因为杨玉科路的开通,一年四季畅通无阻,一时间,商贾云集啦井,日趋繁荣。

　　浮想于此,忽听小郑一旁轻唤。随他指向,前面路中心伏着一大朵淡紫色的"花"。我惊喜万分。小郑让我做好拍摄准备,拿了一颗小石子丢向"花朵",小蝴蝶应声而起,上下盘旋飞舞,更有几只,绕着我们的脚步飞旋,我赶紧摁下快门。看着那些飞舞的小精灵,我恍惚听见了马蹄声声,当年马帮、背夫,是否也是这样在石板路上,惊起一群群蝴蝶飞舞?马蹄生花香,是否也引得蝴蝶绕脚步飞?

　　燕子飞翔,空中传来燕鸣声。我打开相机,拉近镜头观看,燕子窝在巉岩上密布如织,飞燕扇翅的声响回荡山谷。一棵大树横倒在河边,树皮朽烂,树干红红,两个汉子赤膊抡着斧头破柴。不远处,有人坐在河畔,叼着烟从容劈篾竹。

　　我们终于到了三条河交汇处。水瘦山寂,唯有流水淙淙,我无法想象四十里箐河曾经堵水放木头运到玉龙河的壮观场面。默坐在三岔河畔,极目远眺,思绪起伏,我在心底呼唤:"三岔河,我来了!"

山神庙祈祷

坐在山神庙旁，笑看山峦滴翠。雨后的天空，雾蒙蒙，天山峰或隐或现。公路从林海中来，豁然开朗在山神庙旁，转了一个弯下山去了。

山神庙前边，林立一些广告牌和路标，由此下去，青苔密布的石板路弯

山神庙

弯曲曲穿行在山谷里，山神庙是杨玉科路上的一个哨卡。与山神庙隔着公路呼应的瞭望台，高高台楼突兀在丛林里。

火烟燃了起来，香雾缭绕，一块红布挂在山神庙，这是挂红，白族人到山神庙祈求平安的一道工序。仙师抱着大红公鸡，跪在山神像前念念有词，一对年轻夫妻领着他们的小女孩跪在一边，跟着仙师磕头。给山神磕头完了，他们又到山神庙外面，对着群山磕头，祈求山神保佑的同时，也向各路神仙祈祷保平安。

我听到仙师祷词里提到"澜沧江、怒江、金沙江"，不由感慨地想起了有关三江并流的传说，想起澜沧江、怒江、金沙江这三姐妹相约去看大海哥哥的故事。这三条江流域居住的人民，在民族迁徙和创世纪传说里有着渊源。

站在山神庙前极目远眺，山峰怀里那个叫松登的村庄，阳光洒在上面，周边雾海蒙蒙，仿如人间仙境。

传说有三个外地人手抱大红公鸡四处寻找风水宝地居住，到了老地盘，公鸡突然鸣叫了起来，外地人大喜，认为这就是上天赐给他们居住的福地，后来听到放羊人说，羊总爱跑到箐沟里舔食地表上透析出的白色东西，便尾随着放羊人去考察，于是发现了盐。这是公鸡鸣叫的地方，是吉祥宝地，喇鸡鸣井自然成了四通八达的盐马古道核心。古镇盐乡啦井，蕴藏着丰富的民间故事。

祭祀用的公鸡必须由外人杀，向导小郑义不容辞地承担了这份责任，主人家忙着做供饭。我好奇地看仙师裁剪彩色纸衣，据她说这是给那些过路的孤魂野鬼穿的，仙师说鬼神正起劲，手机铃突然响起来，仙师从怀里掏出手机讲了起来。看着她这个样子，我不由想起赵树理小说《小二黑结婚》，何仙姑正作法时"米烂了"的情节，不由笑了起来。

山神庙背后的山坡上长满野花，辛勤的蜜蜂在花朵上忙个不停。小女孩在山坡上摘野草莓，甜甜的笑容感染了我，我不由到山坡上摘起了野草莓。

山神庙是当年从古盐镇啦井通向大理、丽江的盐马古道必经的一个道口，是啦井镇富和山彝族人守护盐马古道的看哨点之一。马帮和背盐巴的背夫经过山神庙，都要祷告一番，以求山神老爷保佑一路平安。

神也食人间烟火？想借机沾染一点仙气的我们，等了一会儿，主动放弃了与神一起进餐的打算，因为这夏天的脸，不知道何时会变。连日下雨让我杞人忧天了起来，性急地催小郑上路，想趁天晴时走完石板路到三岔河、啦井的路程。这段路程我们走了三个小时，幸亏小郑有先见之明，背着沙琪玛和枕果、矿泉水等吃喝的东西，这让我们艰辛的路程反而变成了吃大餐。

仙师是磕平安头的年轻夫妇的姨妈，她热情地挽留我们，却留不住我们启程的脚步，于是她、年轻的媳妇和小女孩，三代女人送我们到了石板路上后话别，殷殷叮嘱中遥送我们走向林海深处。

瞭望台上念悠悠

马铃铛的声音招引着我的脚步,马驮上洒落的阳光吸引着我的目光,赶马汉子的歌声激荡着我的胸怀,携带一缕山神庙的香火,我们走向瞭望台,但见瞭望台旁有个院落,门口搭盖的帐篷里传来马

国家森林瞭望台

的嘶鸣,院里院外卸满马驮子。一群汉子,有抽烟小憩的,也有在马驮子间忙碌的,还有给马喂食的。古盐镇啦井之旅,我终于见到了马帮,且规模比较大,不由激动地上前询问,马帮果然来自大理,为电塔托运水泥和钢筋。

从马驮子和晾晒的山药间经过,我们登上了五层楼高的瞭望台。站在瞭望台顶上,阴沉沉的天空露出太阳的笑脸,灿烂的朝霞把我们拥在怀里,山风轻捻着耳垂,无数的燕子欢快地叫着飞翔在身边。置身在燕子飞翔的羽翼里,放眼四周,重峦叠嶂,村庄朦胧在烟雾里。九十九台地如翠绿的项链,起伏成水波纹,戴在山脖颈。山路忽隐忽现,将寻

盐马古道

踪盐马古道的目光拉长。

公路顺着山神庙所在的山势转了一个弯,蜿蜒下山往兰坪县城而去。瞭望台和县城之间的中哨房,是杨玉科路的一个哨卡,而今是道班所在地。俯视隐没在绿色山林间的公路,遥想南来北往的马帮、背夫从密林中来,在中哨房歇息,哨卡上,哨兵背着箭袋挎着长刀走动,饭庄里响着南腔北调的声音,生产草纸的车间翻动纸浆的忙碌身影,客栈里临窗吹笛的游子……

"思念啊,思念的心情难出口,思念的心情难表达,只好向星星和月亮倾诉。我请三星替我转告,我请北斗替我表达……"对着莽莽林海,念天地之悠悠,盐马古道上的情歌来自森林深处,唱响在我的心里。

森林莽莽苍苍,站在瞭望台上,欣悦的心阅读啦井封山育林区前景。树桩上爬满青苔,揭开青苔,数树桩年轮,轻轻抚摸纹理,岁月沧桑在指尖微颤。长五尺宽三尺,当年为盐矿砍伐树木,量柴垛的皮尺今安在?回顾兰坪盐马古道文化,思绪响着斧钺声。

雾锁山岚

一条新挖的公路已经破土动工,新公路连接山神庙前的公路,经过瞭望台,这条新挖的公路通向富和山弥勒坝,这是啦井镇政府规划的富和山旅游线路之一。徒步盐马古道,感叹古盐镇啦井的旧貌新颜。

"九十九台地,夕晖独行人。"瞭望台上,我即兴赋诗。

喇鸡鸣井支前忙

因了解喇鸡鸣井的传说，一听到老地盘这个地名，我的脑海里自然就出现了鸡鸣古道的情景。春节刚过完，我再次来到古镇盐乡啦井，在政府工作人员小高的陪同下圆拜访老地盘的梦。

喇鸡鸣井的传说版本再怎么多，都离不开一个情节，那就是外地人抱着大公鸡寻找吉祥之地居住。坡地上很难看到树木，与山巅莽莽苍苍的森林形成明显的对比。盘山公路弯弯曲曲地在山峰上迂回穿行，碧罗雪山如屏风竖立在眼前，峰峦上洒满了雪，好像画家特意勾勒般。车子颠簸在乡村土路上，经大麦地、小村等地，我们到龙潭下车后步行到老地盘。

远眺老地盘

村里人大多下地干活去了,一堵断墙后席地坐着一位瘦小的老奶奶,脚上有粪,从牛圈里掏出来的肥料小山般堆在身后。老奶奶已经82岁,但精神矍铄,还在干活不止。我们说明了来意,老人热心地邀请我们到她家做客。

烟熏火燎的木楞房里,简陋的床铺上坐着一位拿着长烟锅抽烟的老爷爷,这是老奶奶的丈夫,名叫和耀庭,78岁。想不到他曾经当过马锅头,20世纪50年代支援西藏时,他是兰坪支前马帮大队的大队长!

和耀庭老人在家里接受采访

1951年5月23日西藏和平解放,但一些分裂分子的藏独活动没有停止过,酿成1959年3月10日西藏叛乱。和耀庭老人断断续续的叙述让我了解了这一期间兰坪支前的情况。在古盐镇啦井采风期间,我采访了好几个当年的马锅头,他们都提到了西藏叛乱前后这段时间支前的情况。

啦井到西藏的路线主要有三条:啦井—老地盘—长涧—桃树—白腊—小盐井—上兰—剑川—鹤庆—丽江—白山—金沙江虎跳峡—小中甸—大中甸(香格里拉),从香格里拉到西藏,要翻两座大山,再次渡金沙江,走8天才能到西藏拉萨;啦井—马道子村—三岔河—山神庙—中哨房—金顶盐路山—剑川,剩下的路段与前条路线相同;啦井—小村—长涧哨房山—通甸—老君山—丽江石鼓—巨甸过金沙江后翻山—小中甸—大中甸（香格里拉）—西藏拉萨。

兰坪支前的马帮大队马匹有 5000 多匹，马帮大队设置大队长、中队长、小队长，每个马锅头负责 3 匹至 4 匹马，主要驮运药、食物，马锅头都有枪，结对成伙地走，不单独行动。

和耀庭在啦井解放后买了两匹马，帮别人赶一匹马，赶的马匹有三匹。1956 年他担任西藏支前大队长时只有 26 岁，第二年因为母亲病重辞世，他是位孝子，因此没有去西藏。1959 年和 1960 年他赶着马匹加入兰坪支援贡山和片马的马帮里，驮运军用物资，这两年里他的父亲和女儿相继病故，但他都在支前的路上。他背过老式步枪，也背过三八式步枪。

从啦井到西藏，沿路土匪很多。兰坪马帮队与土匪打了几次仗，每次都是土匪输，于是土匪中相传"兰坪马帮惹不得"，看到兰坪马帮就远远避开，兰坪马帮让土匪闻风丧胆。马锅头和耀庭在西藏就挨过枪子，第一枪把他的帽子打飞了，第二枪打在他敞开的左边衣襟上，情急中和耀庭躲到岩石后，第三枪打在岩石上。

兰坪支援贡山县的路线：啦井—老地盘—长涧—石登—中排—维登—维西岩湾过河—翻一座叫"四季多咪"（音译）的大山—贡山县三区—过河往上爬—贡山县城茨开，这条线路要横渡澜沧江。

支援西藏时马锅头赶的是私人马匹，国家付给运费，而支援贡山及泸水县的片马时，他们赶的是集体马，来回一趟工资 17 块。

从以上的路线里可以看出，兰坪各族人民支前不畏艰险，喇鸡鸣井用自己的赤诚抒写爱国情怀。

老地盘的楼房大多没有隔整，低矮的木楞房充斥其间，对这个最早以"喇鸡鸣"命名的地方，一种情结无言在心头。

啦井解放纪念碑

丰碑永存

啦井解放纪念碑

　　我特意选择了黄昏和清晨,那夕阳西下和朝阳初升的时刻,沐浴着暖暖的阳光,怀着崇敬,拜祭英烈,缅怀先人事迹。红霞碎云,松涛阵阵,松柏韧枝拥抱山谷,啦井解放纪念碑置身在群峰环抱中。

　　啦井解放纪念碑离龙王庙不远,突兀在半山腰上,约一米高的水泥平台上,耸立着红岩做成的纪念碑,碑身上刻着"啦井解放纪念碑"几个大字,圆形的台座和碑身间,有一组石雕,正面的石雕雕刻各族人民庆祝胜利的场面,上面刻写"胜利歌"几个字,横幅上刻写"热烈庆祝啦井解放""主席万岁"。以正面石雕为起点,顺时针方向绕着圆形的台座欣赏石雕,"支前会"浮雕是兰坪各族人民支前的画面,"秘密会"浮雕上有背着枪支的解放军和当地人接头商量事情的场面,"团结谱"浮雕上是工农兵大团结的场面。

　　水泥平台有裂缝,纪念碑背依的山坡滑坡现象触目惊心。裸露的山脊,那些还没有披上绿装的树林,让我欣喜的同时,也感到植树造林的不容易!背依栏杆望着一览无余的啦井,不由想起了盐业史上伐木最严重的时期,盐业的辉煌里呻吟着林业的悲哀……而今,啦井政府打响了绿色工业园区建设的攻坚战,盐马古道之旅,让我真切地感受到古镇盐乡的自信和脚踏实地的做事风格。

　　昔日的啦井,有东西关和南北碉楼,场署前还有一个碉堡,关卡环立。龙王庙就在南碉楼附近,之下是盐碉所在地急坡街。古木参天,马帮铃声沿着小溪流淌,我想,浮雕"秘密会"雕刻的就是滇西边纵七支队与啦井进步组织接头的历史,南碉楼下的革命活动,森林里谱写新篇章。

　　沿着青苔覆盖的水泥台阶往下走,水泥台阶紧挨着急坡街一户人家的后墙。台阶尽头,路边有大理石墙壁,上面刻写啦井解放纪念碑碑文、序,以及功德碑,序文记载了啦井解放的经过:

　　1949年4月2日,中国共产党滇西工委领导剑川起义,建立滇西北革命根据地。邻近各县革命烈火熊熊,已具燎原之势。5月9日,中

 盐马古道

共滇西工委派李岳嵩联系啦井民青成员，与盐场分署、盐警队谈判和平解放啦井事宜。11日，共革盟窜犯，进占啦井，啦井人民配合王北光率领的滇西北人民自卫军第二支队，击溃共革盟，解除盐警队武装，接收啦井盐场分署。15日，啦井宣布解放，建立第五中队，开赴前线。10月整编，属边纵七支队三十三团，在滇西北屡立战功。

自清道光二十三年（1843年）开始开发喇鸡鸣井盐矿后，啦井优质桃花盐产量渐渐居滇首位，优质桃花盐蜚声内外，是历代统治者在兰坪的重要经济支柱，啦井成了兵家必争之地。保山地霸武装共革盟经过大理的云龙县进犯啦井，被滇西北人民自卫军打得落花流水。啦井的解放，不仅解决了扩充军力经费所需，对怒江边四县的和平解放有促进作用。

翻开厚厚的《兰坪县志》以及展读《通兰风云》，我的目光久久停留在"啦井解放"的记载上，一种情结难以言说。由着内心的情愫，踏着阳光铺满的路，我们从急坡街到龙王庙再到啦井解放纪念碑，沿着历史的脚印从过去走向今天。

啦井，这块人杰地灵的土地久经沧桑，我不由从老地盘再次走向啦井解放纪念碑，有关喇鸡鸣井的传说，让我从神话里走向现实，拥抱在啦井的今天里。

山川无语，啦井解放纪念碑，耸立在蓝天白云间，耸立在我的心上。

羁旅火棘粮

东有笔架山，东南玉龙山，西南万寿山，北面喇鸡鸣山，西北喇马山，崇山峻岭包裹着的古镇盐乡啦井，盘山公路将外界连通，小路弯弯，隐没森林。盐马古道上马蹄凹槽及遗留的历史故事，置身啦井，一种情结激荡心胸。

从9月到次年3月间，无论是落叶秋色还是白雪皑皑，山间坡地，箐谷沟底，有一种叫火棘的灌木，结满了红艳艳的果实，侧枝短刺状，叶倒卵形，球形的红果酸甜可口。走在啦井的山野间，又累又渴时随手摘下红果充饥，不仅饱腹还可解渴。

古道今昔

盐马古道

也许火棘太普通了,普通到我无视它的存在。直到有一天,从长涧哨房山盐马古道上回到啦井,无意间读到了佚名《题火棘盆景》诗,心念一动,竟是难以释怀的了。

> 盆中火棘入冬昂,
> 抖擞精神抗雪霜。
> 画堂新果红万点,
> 曾是当年救兵粮。

火棘果

火棘又叫火把果、救兵粮,叶、果、根皆可入中药。这个遍布南方的灌木,绚丽了我的童真时代。

记得小时,我们上山采了火棘果,拿了针线认真将之穿起来,制作成项链、手链戴在脖颈上、手上,美滋滋地在村庄里跑来跑去,有意让大人看那红艳的饰物,小脸洋溢着兴奋的红色。到田野里找猪草时,带着针线,摘了火棘果串成项链,采集野花,编成花环,跪坐在清澈的小溪边,把辫子打开,蘸一些水抹在头发上,用手指梳头发使之柔滑地披在肩上,脖颈上戴火棘项链，头上戴花环，溪水里倒映了一张羞羞的笑脸……玩累了，肚子饿了，就把火棘果手链摘了下来，打开线头，一颗一颗吃着。有时舍不得吃掉火棘果项链，直戴到果子焉了才吃……

寒冬，走在啦井境内盐马古道上，我又看到了火棘，红艳艳的果实，让我的脚步不由轻快了起来。盐马古道通向内地最古老的通道，经过九十九台地。九十九台地是九十九座山峰，如龙卧在啦井山谷里，两边高山耸立，将九十九台地抱在怀里，山外有山，天外有天。九十九台地上没有水，大雪封山的日子无法通行。马帮和背夫经过九十九台地，就是以火棘果解渴充饥的。

从啦井出发，经马道子村，过回音壁到三岔河，走在长满青苔的青石板上，我不由想起了杨大人路的传说。咸丰年间，杨玉科贩卖私盐被抓，从营盘押往啦井途中逃脱。他跑到了三岔河，一只白猴给他带路，从三岔河东面大箐沿小溪到山神庙，经中哨房、二面山到了金顶的大石桥，避开了九十九台地风雪山顶……我想，当年杨玉科将军奔走在这条路上，定会采食火棘果充饥。

杨将军报效桑梓，光绪年间回乡省墓时，沿着当年他跑脱的路线修筑盐马路，使得路程缩短了一半。青石板铺砌的盐马路，可容对头马帮让道通行。杨玉科路的修通，让啦井市场更加热闹非凡，这条路一直沿用到了1963年5月剑川到啦井的公路开通……我想，当年筑路工，定会采摘火棘活血止血。

折返啦井的路上，雪纷纷扬扬下了起来。走在山箐里，前方火棘热情伸臂，我不由跑了过去，融入了火棘的情谊里。救兵粮火棘果入嘴的瞬间，热辣辣的感情飘向了雪雾蒙蒙的森林深处……

 盐马古道

盐马古道文化节

日子不知不觉中进入了 11 月，站在挂历前，我用笔在 11 日上画了一个星星。这是一个不同凡响的日子，第二届盐马古道文化节在啦井开锣。

初夏，穿过垂柳依依的啦井，在燕子的鸣叫声里，啦井人欣喜地向我谈起了首届盐马古道文化节，我的心弦被啦井人的热情拨动，这是迟到的春天啊，但毕竟来临了！物资交流和文艺会演的舞台上，啦井人唱出了自己的心声："盐马古道文化节，自古以来第一次。"

远方客人请留下来

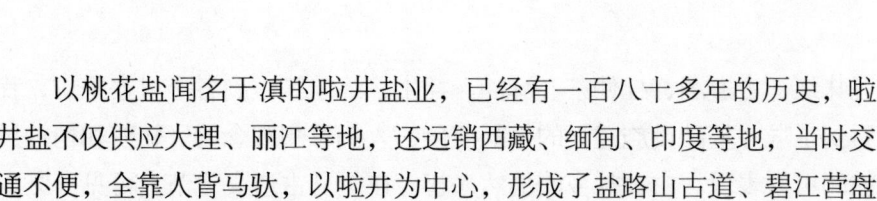

盐马古道文化节

以桃花盐闻名于滇的啦井盐业,已经有一百八十多年的历史,啦井盐不仅供应大理、丽江等地,还远销西藏、缅甸、印度等地,当时交通不便,全靠人背马驮,以啦井为中心,形成了盐路山古道、碧江营盘古道、滇藏古道等多条盐马古道,随着马帮和人流的深入,促进了啦井经济的繁华,古镇盐乡悠久的盐历史,沉淀了独特的盐马古道文化。

为了保护和发掘民族文化遗产,弘扬盐马古道文化,通过文化搭台,经济唱戏,加快啦井对外开放步伐,促进啦井对外文化和经济交流。2006年11月,啦井镇党委、政府举办了集文艺、物资交流于一体的盐马古道文化节,唱响经济这台重头戏和打响古镇盐乡这个品牌。

秋天的啦井,枫叶红透,落叶松金黄,醇酒飘香,果实累累,道不尽秋实景象。在漫山红遍的激情里,我踏上啦井的红土地,感受盐马古道文化节到来的浓烈气氛,各村寨在农忙间歇排练文艺节目,农户们喜笑颜开地准备物资交流的东西。

细节最能反映一个人的心态,也能反映一个地方的风貌。在期井,村书记陪我走盐马古道,说要补救文化遗产,建立盐马古道一条街。在弥勒坝清冷的月夜,我与调查数字化农村建设的几位农业系统的人相遇,在彝家围炉夜话,手机传播《盐马情歌》时大伙听得入迷的表情,足见兰坪人对盐马古道文化的钟情。夜走森林,经过杨玉科将军当年修建的石桥,盐马古道上发生的古今故事,令我这位自小在兰坪长大的人自豪,写有关盐马古道的书时,激情鼓荡胸怀。

双钹敲响,赶着马帮的大爷从急坡街过来了;盐厂旧址旁高耸的烟囱,宛如立在天地间的唢呐,呼应歌舞声;喇叭按响,一辆接一辆的车从山神庙和西关桥过来了;叶笛声声,山道上走向啦井的脚步欢快有力;寻觅当年挥汗的足迹,曾在啦井工作过的人从各地赶来了……为期七天的盐马古道文化节,一种情结向四面八方蔓延。诗句婉转,画色浓烈,文人雅士用笔抒写盐马古道文化节的主题:传承昨天,演绎今天,展望明天。

物资交流会上,我看到了啦井畜牧业和绿色食品加工业的成果,

五味红、古道酒、杜仲茶、酥油、牦牛、绵羊等；到各个村寨采访，我看到了啦井基础设施建设的飞跃变化、人们思想观念的大转变和精神风貌的可喜表现。古镇盐乡的悄然兴起，在盐马古道文化节上可见一斑。

彩旗飘扬，熙来攘往的人群，物资交流会上的数字，村民的朗朗高歌，感动的花朵在我的心头绽放。目光锁定在高高的烟囱上，沉寂的历史追忆如涌似潮。我在一户啦井人家里，捧起一小块锅底盐，放入嘴里，醉品优质桃花盐的魅力。

省专家考察组在第二届盐马古道文化节开幕前夕来到啦井，沉寂的盐矿被客人的脚步声唤醒，啦井人翘首盼望，桃花盐再现辉煌的历史不会久远。

感受盐马古道文化节，置身在啦井街熙熙攘攘的人流里，心境犹如酣畅淋漓地饮酒，让我不由自主随同啦井人唱起了《啦井美》："啦井美，啦井美，盐马古道今犹存，驼铃声里马蹄急，雪盐飘香传美名……曾经辉煌岁月时，沧海桑田看今朝，盐乡定有腾飞日……"

马驮卸在山脊上

杏林居

杏林居

一、燕子人家

垂柳青青，燕子在天空盘旋，叫声清脆。筑巢在堂屋的天花板上，自由地飞进飞出，剪影在屋门晾衣服的铁丝上，目光与人交流，悠闲地梳理羽毛，恬静地歌唱，这样的画面就在杏林居上演。

盐马古道

"当归方寸地,独活世间人。"这是杏林居门联。杏林居是啦井镇医院退休的中医赵荫孙家居自称,不言而喻,这是怎样人家。

率先在啦井种了杜仲林基地的赵荫孙是阿明五加的发现者,曾于1999年4月27日在北京参加表彰大会,被世界创新医学大会组织委员会授予"阿明五加"基础优秀论文一等奖,阿明五加就是以他的乳名"阿明"命名的。

进入杏林居,我被吸引住了,疑心自己走入园林。山水花木、奇石、苗圃、三两条狗友好地在身边转悠,我一下子喜欢上了杏林居。赵荫孙夫妇盛情邀请我到杏林居住,我到啦井的第二天,就从镇政府招待所搬到杏林居。

清晨,我被清脆的鸟鸣声唤醒。站在二楼走廊上梳理长发时,不觉呆了,杏林居上空,燕子飞来飞去。天宇淡蓝明净,山黛青,燕子飞翔的姿势清逸。太阳露脸前特有的光线是摄影的最佳选择,我忙返回屋里,抓起相机抓拍。

我到楼下堂屋里,与女主人闲聊,突然有两只燕子追逐着飞了进来,这才发现屋顶上有一个燕子窝,细细看,是一个倒立的盆,出入口很漂亮,显然是主人特意为燕子搭盖的。

燕子双飞绕屋,我惊叹抓拍。兴犹未尽,忽听屋外燕鸣阵阵,寻声望去,但见一串燕子停在铁丝上。我忙

燕鸣杏林居

抓拍，燕子司空见惯般没有被惊飞，悠悠自得在晨风里，从容沐浴清晨的阳光。

说起堂屋里筑巢的燕子，还有一个典故。在兰坪县卫生志人物排名榜上，排名第一位的是赵荫孙的爷爷赵元侯，第二位是他的父亲赵光藩。赵光藩擅长医治妇科、儿科、骨伤科疾病，较有名气，远近患者登门求治，享年98岁而卒。棺柩起灵走出杏林居大门刹那间，突然飞来燕子，停在堂屋灯泡上筑巢。

"无可奈何花落去，似曾相识燕归来。"看着在头顶上飞来飞去的燕子，想象月夜，疏影斑驳，人徘徊，思念作古的亲人，该是怎样的心情？晨起，修枝剪杈，燕鸣声声，突然勾起思亲情，该是怎样的心情？

半红半黄的樱桃是燕子的美食，主人为此栽了好多樱桃树。女主人慈眉善目，颇有主妇风范，尤爱这些吉祥的鸟儿。

有一次，一位县里来的挂职干部在两个工作人员陪同下，到杏林居附近打鸟。女主人好言请求，说老百姓喜欢鸟语花香的居住环境，希望他们手下留情，不要再打燕子了，不料遭到其中一人的奚落谩骂。女主人火了，拿着棍子赶燕子，大声吆喝着让燕子快逃命，一边毫不留情地回敬打鸟者的无理。

提起这件事，女主人无奈地笑了。我对眼前这位家庭妇女肃然起敬，为她爱家园的心，为她不怕得罪当官的勇气——这就是古盐镇啦井的老百姓给我最深的印象！不是吗？当我采访盐工时，他们的爱恨是那样分明，不在乎我的拍照亮相；当我经过石板铺成的古街时，那些老居民们知道我要写盐马古道的文章，一份尊敬和喜爱，在声声自来熟的招呼里流露。

《兰坪县志》对赵荫孙的爷爷赵元侯这样记载："他是怒江州最早的中医，医术精湛，深受兰坪和大理的剑川一带群众的敬仰。"燕子飞进飞出，正屋门上的长对联引起我注意，四代中医世家，有人篆刻木联庆贺："白头翁佛手济世回春丹，青贝母莲心锦绣玉屏风。"

二、赏梅论诗

垂柳吐芽抽枝,春风拂动柳枝,春水响彻玉龙河畔。大山环护古盐镇啦井,鸟儿不时从灌木后飞出。新绿化的山林地带,树干笔直,枝头刻着春的脚步,总有一抹青翠欲滴的绿从裸枝间冒出。

海棠花开艳丽,玉兰花成串在枝头招手,寻着清香,我再次到杏林居做客。杏林居梅开灿烂,蜂儿醉在花蕊里,堂屋天花板的燕巢还在,燕儿过冬,不知道飞往何方。

"二月梅花三月桃",在杏林居赏梅,我突然想起了这句民谚。

与杏林居主人赵荫孙坐在梅树下笑谈,一壶茶,清香宜人。梅开俏丽,盆栽的,植根地底的,树树灿然。与杏林居面对的急坡街安静祥和,盐厂遗留的大烟囱高耸在蓝天白云下,公路经急坡街,过西关桥往营盘镇而去。

樱桃树围护院落,兰草在树枝上婀娜多姿,盆景间装点美石,主人收藏的一块青石,天然书写成"啦井"两字,让人心仪。

云南是梅的故乡,垂柳依依的啦井,也是爱梅之地,村舍间,梅枝有意无意从院墙上露出笑脸。山坡林地,不时见到梅树俏丽身影。

梅、兰、竹,岁寒三友抒写高洁,于情趣里让人感

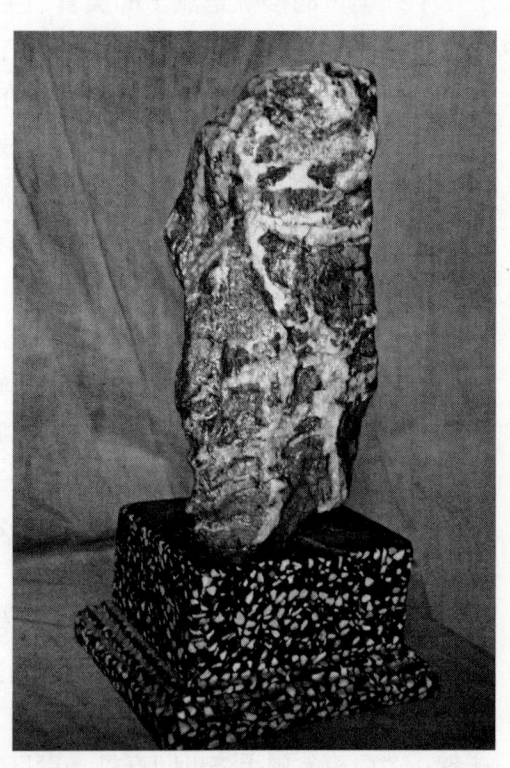

美石天书"拉井"

受啦井人品性。啦井人爱养兰，随处可见院落里栽植的兰花；啦井多毛竹，遍布山间田野；而啦井梅趣，浓缩在杏林居赏梅里。

杏林居主人是兰坪县著名的中医世家之后、阿明五加植物的发现者，与其赏梅品茶，说梅趣事，不由沉醉深深。

梅是云南传统名花，杏林居的梅体现了云南梅特点，神、韵、姿、色、香皆居上乘，尤其令人叹服的是，云南梅中奇葩"怀中抱子""台中绿萼"在杏林居开得耀目，"花中的瑰宝，人间的奇迹"，想起梅花专家对这两个梅花珍稀奇品的赞誉，我不觉细细观赏了起来。

怀中抱子又叫红怀抱子，花蕊抱着梅瓣，层层叠叠，红艳娇媚，让人爱不释手；台中绿萼花瓣白中泛绿，花蕊里有含苞欲放的花，色彩如翠玉般，蜂儿在其间闲庭漫步，"琼宫玉阁""亭台楼榭"，文人骚客的描述催人醉。

"折花逢驿使，寄与陇头人。江南无所有，聊赠一枝春。"春光明媚，杏林居赏梅，我不由想起了南宋诗人陆凯踏雪折梅送友的故事。枯树桩横生一枝梅，梅骨朵犹如红宝石。把玩手中茶盅，梅花香自梅芯处，一枝花红心上藏。

红梅居多，台中绿萼在满目红色里尤显突出。由梅论说诗歌，在我的击掌助兴下，赵荫孙兴致勃勃吟咏明代张新的《绿梅诗》：

> 腊破春从碧海回，
> 人人争爱说花魁。
> 如何费尽平章力，
> 不道人间有绿梅！

平安自心中

走进古镇盐乡啦井，厚积的历史文化让我不由得寻踪盐马古道。西关桥，关隘的风采依旧，我想找到当年的东关、南碉楼、北碉楼以及场署前的碉堡旧址。东关没有了风雨桥，玉龙河缓缓流淌，小路延伸山谷；南碉楼和北碉楼融化在山峰里，没有留下蛛丝马迹；场署旧址上是啦井镇卫生院和幼儿园，昔日碉堡位置上是民居，四方街杨玉科将军住宅旧址而今是派出所办公和居住地。

从老地盘下来，坐在一块石头上休憩，望着谷底祥和的啦井街，一种情愫难以用文字表达。山川默默摊开了厚厚的史书，让我尽情阅读。啦井的过去，啦井的今天，感慨和欣慰，织锦徒步盐马古道之旅。

极目四望，我惊讶地发现，啦井庙宇很多！西关桥上方是清净寺，离清净寺不远，北碉楼下有观音庙、川主庙，南碉楼所在的山峰有龙王庙、玉皇阁、本主庙，啦井这块地盘上道家、佛家影响的痕迹由此可见一斑，宗教信仰随意且杂，可以想象到享誉滇的桃花盐故地当年辉煌的历史。经济的发达，引得四面八方的人蜂拥啦井，随着马蹄声声和背夫走鸟道的苦歌，盐马古道独特的文化难以抹去外来文化的渗透。

啦井街在1950年4月至1985年7月的35年间为兰坪县城，居住人口有白族、傈僳族、普米族、彝族、汉族，白族占66.8%。白族人崇拜本主，认为本主是他们的保护神。啦井白族人口多，我自然去了本主庙，想看看白族人信奉的本主是怎样的。

本主崇拜是白族独有宗教信仰。本主即本境为主，顾名思义，是本地区最高的保护神。本主庙内除供奉本主外，还供奉其夫人子女和侍从等，他们的像常用松柏雕成，造型古朴生动，富有地方特色。列为本主的神，大都是有功于民者，是"人神兼备"的护卫神，渗入了祖先崇拜、英雄崇拜。

本主庙

本主庙在急坡街尾，紧挨着公路，公路边的挡墙成了本主庙围墙的墙角。大门外有残香，门上虚扣锁。推开门，一个大香炉扑入眼帘，洁净的水泥院坝，绿树庇荫。本主庙靠山一排展开，白族人建筑的典型特点体现在木门木窗上，其雕花精美、做工考究，本主庙自然也不例外。门楣上挂着"泽被苍生""威灵感应"的牌匾，牌匾右边写着"大圣本主殿下"，左边写着敬献弟子的名字。

本主庙门铁将军把门，从窗户里看不甚明了，只觉得塑像与其他庙宇里看到的不同，温和里有一种让人亲近的感觉。侧面一隅，木板墙缺了一个口子，我踮着脚尖看，里面供奉着财神爷。白族人对神的尊奉挺讲究，忌讳对神像拍照，他们认为亵渎神灵，出于对民族宗教情感的尊重，我将拍摄的财神爷照片删掉了。

盐马古道

　　听闻本主庙会很热闹，但我没有机会参加，倒是在春节时与家人一起到本主庙祈福，并在一个平淡的日子里到本主庙磕平安头。

　　除夕前一天，人们将用盐巴腌制风干的猪头和猪尾洗净，杀了过年鸡，与猪头一起煮。晚上，背着煮熟的猪头、猪尾和鸡，以及一碗饭、酒、茶，拿着香和鞭炮到本主庙供奉，尽量抢在午夜12点这一时刻。猪头和猪尾缺一不可，意为有头有尾、有始有终，过年鸡必须是大红冠子且开叫的公鸡。鞭炮在本主庙门口炸响，类似于向本主通报。这一晚捐功德，钱多钱少没人在意，但很在乎钱的数字图个吉利，比如4元8角，意为"四平八稳""四季平安"等。

　　到本主庙磕平安头，大多是家里有人出远门，或者为远方的亲人祈福保平安。磕平安头这一天，买一些鲜肉和菜、一只鸡，带上米、柴火及炊具，到本主庙活祭生鸡后将其杀了，在本主庙煮饭吃。仙师主持磕拜仪式，吃饭时帮主人家看鸡头。仪式结束，大家共用了一餐丰盛的饭后就散开了，主人家随心意给仙师一点钱，以答谢仙师的辛劳。

　　磕平安头时有人请仙师帮忙喊魂。仙师祈祷了一番后，就到本主像下为喊魂人找丢失的魂魄，其实就是一只蜘蛛。仙师拿着蜡烛在角落里到处熏，熏得满头大汗，终于找到了一只小蜘蛛，捉住蜘蛛，宝贝似的放在喊魂人的头上或衣领里，说"魂归来了"。仙师那"嘘"了一口气的表情逗得我笑了起来，仙师也不怪，笑着说，喊魂人多，本主庙的蜘蛛越来越少了。

　　平安兮，魂归来！祈求本主保佑，是人们的一种精神及愿望寄托。其实，平安就在人心里，各自怀揣一颗平常心态的心，热爱和珍视生命，就会相对平安。自然万物，生老病死、天灾人祸，无法逃脱灾难，世间没有绝对的平安，神灵也奈何不了！

　　盐马古道艰辛，无论是背夫或是赶马人，本主庙里磕个平安头，亲人心上有个盼想。生活苦，加上难以解释的自然现象，无法释怀的宿命，使得白族人寄托自己信奉的神灵，以寻求保护，求得心灵平安。

　　如今，白族人独特的本主崇拜，只是一种风俗习惯罢了。

明月伴行程

　　2007年五一长假，盐马古道迎来了我这位远方游子。梦寐以求的盐马古道，多少年来在梦中召唤，使我不得不独自行程，邀明月相伴。

　　啦井，这个山清水秀的古盐镇，蓝天白云下垂柳青青，燕子在民居上空低回盘旋。清朗的月夜，玉龙河边话今昔。月有情，人有爱，最难忘富和的月夜。

　　富和，一个森林托举的彝族天地，一个梦一般美丽的地方，一个富有诗意的名字，盐马古道的一个驿站，也是啦井镇旅游开发胜地。

　　都说十五的月亮十六圆，5月3日，正好是农历三月十七，月亮依旧在我的心里最美，我终于看到了富和月亮的五彩光环！

　　森林围护的弥勒坝，夜空高远，三两颗星在天边闪烁。在村庄上空，就在一抬头间，我看到了一幅绝妙的画：淡蓝如洗的天幕上，一轮明月，顶着半圆的五彩光环。光环较大，与明月争辉。光环的

月有情人有情

尽头，有两朵白得纯净的云，左边的白云像极了一只海豚，就像在大海中悠闲地游动一般。海豚的头朝向带着光环的月亮，尖嘴和突出的额头间，是闪亮的启明星。右边的白云像极了一只海马，与海豚隔着月亮和月亮的光环对望。

站在木头房子的二楼过道上，看着草坝深处的雾湖，设想在这样的月夜里是怎样的情形，可惜湖畔右边的山峰遮住了视线。整个坝子沉入梦乡，连狗吠声也听不到，白天经过森林听到的松涛声也似乎睡着了。

我偏爱月亮，只要月华朗朗，就会不由自主地立在夜色里望天空，心灵在融融月光里净化。有时，我会在月光下打坐，思绪悟化在朦胧里升华。

不知为什么，我总觉得今晚的月夜过于清冷，心没有理由地痛了起来，独自徒步走遍大江南北的朋友，如果在这样清冷的月夜，不知会不会安然入睡？

被窝里冷冰冰的，怕冷的我，穿着保暖内衣，还有一件翠绿色的高领薄毛衣，还盖着两床被子。关了灯，月光透过木格子窗户照了进来，浓浓的思念漫溢了心胸。

农历十五和十六的月夜交替，是月亮最圆最美的时候，我在一盆盛开的兰花旁，收到了遥远的问候，有一份关爱被兰香浸透，恬静梦乡。

月夜最是相思苦，丝丝缕缕在心灵上游走，总想把旅程的感受点点滴滴诉与同道人。

走在森林深处的小道上，心里唱响盐马古道歌；马蹄踏过岁月留下深深凹槽的石板路，激荡心胸；潺潺小溪，清脆的鸟鸣，阵阵松涛，使人浮想翩翩；尽管错过了杜鹃开花的最佳时节，森林里还有鲜花招手；金丝猴、熊、锦鸡、斑鸠，以及高大的铁杉、云杉、冷杉、云南松、五角枫、椴木、成片的红豆杉林，动植物的品种多得不胜枚举……

可惜，手机信号要在一个星期后才能开通，目前通信工程进入扫尾阶段，有多少激动的话，只好寄予月华捎给远方的人。

第二天晚上下大雨，彝族锅庄表演泡汤了，主人特意为我们安排了巫师表演"退口舌"和"喊魂仪式"。我以为夜里看不到月亮了，不料到深夜，雨停了，还是看到了月亮。

这个月亮和昨晚的一样亮，只是少了五彩光环。月亮前面有一块漂洗过的白云，像极了一只张大了嘴巴的鳄鱼。"鳄鱼"想一口吞掉前面那颗明亮的启明星，可是启明星如一个顽皮的孩子，灵巧地躲开了。

一会儿，我又抬头看夜空，却发现鳄鱼般的白云不见了，明朗的天空上，只有月亮和启明星。森林和天空接壤处，有一些细碎如破布的白云零散地挂在树梢间。看着平静地相随的月亮和启明星，我想起刚才"鳄鱼"的窘态，不禁哑然失笑，猜想会不会在恼羞成怒下，"鳄鱼"破散成了挂在树梢上碎布般的云。

拥被记下点点滴滴的月夜感受，月华丝丝缕缕牵动女儿心。大海上的月夜，月光透过波动海面的船窗，是否也有难眠，思念如这高山湖畔的人儿？

临出发前一天，六库下大雨，我们到了古盐镇啦井，30多公里外的县城也下大雨，啦井的天空曾堆积了乌云，可是一会儿又云散雾开。站在啦井镇镇政府二楼走廊上，我看到了农历三月十四日的月亮，就像挂在院坝中那棵绿叶满枝的垂柳上。

在彝族人眼里，看到月亮的五彩光环，意味着有福气。盐马古道之旅，我相信自己是有福之人，在有生的日子里，我坚信会时常看到月亮的五彩光环，但愿夜归人都如我一样的快乐！

冬日徒步盐路山

四十里箐河

翻过一道山梁,我们就到了四十里箐河边,逆河而上,穿行在富和的原始森林里,目的地是彝族山寨弥勒坝。

坐在河边休息,身边摇曳着园林新秀云南双盾木和常绿加丁香。蓝天飘逸三两朵云,流水淙淙,鸟儿脆唱。顺着河的流向,我想再看一眼古盐镇啦井,目光被参天的树木遮住。

四十里箐河与山岔河汇合,就成了春龙河。春龙河畔有回音壁和回头泉,盐马古道上至今还走着马帮,盐马情歌唱响山谷。

一种阔叶草本植物,开着紫色的花,引起了我的注意。

"这是秦艽,是一味中药,可以治风湿。"

四十里箐河像一本摊开了的书,风轻轻翻动着书页,满肚子植物和中草药的向导赵医生引领我阅读。

海拔越来越高,森林的内容越来越丰富。就在海拔2777米处,我们遇到三个在四十

四十里箐风光旖旎

里箐河边挖虫草的彝族姐妹。

湿虫草一斤可以卖到1500元至1600元，干虫草一斤可以卖到2500元至2600元。三姐妹挖一个月的虫草，最多能挖到一斤。

告别了挖虫草的彝族三姐妹，我们继续向森林深处爬去。

挖虫草的彝族三姐妹

蜿蜒的小道，有时顺着河床，有时隐没在密林里。潺潺的流水声，一路伴着我们。鸟鸣清脆悦耳，不时有鸟从眼前飞过。

"半夏三匹叶，拿起一把伞"，普普通通的半夏，在赵医生的描述下生动了起来。半夏不仅可以化痰止咳，还可以医治"鬼剃头"，就是把半夏根刮下来，热敷在头上即可。

尽管不是秋天，但看到槭树，令人不由想起了"霜叶红于二月花"这句诗来。长在同一个方向的槭树，因为受光程度的不同，有红色、黄色、绿色之分，尤其令我感到惊奇的是，同一棵槭树上，叶子颜色有三种，顶端的叶子因为受光最强，是绿色的，中部的叶子变得金黄，最下面的叶子却是红的。

到了一个岔路口，拐进山林前，我回头望四十里箐河，宽宽的河床里流着小溪流，无法想象当年，这里曾是啦井盐厂堵水放木材的地方！

啦井盐厂在没有真空制盐前，每年需要消耗大量的木材。盐厂工人，女的背盐巴，男的除挖盐矿、煮盐以外，还有一部分人伐木砍柴火，开始盐厂负责拉运柴火的有16辆车，后来增加到了50多辆。

从四十里箐河的垭口到啦井的马道子村，堵水放木共有5个仓，也就是把箐底的河水堵成潭水，把砍好的柴木丢到水潭里，放闸冲水，一仓接一仓，河水滔滔裹挟着柴火流入玉龙河，一直冲到盐矿附近，那儿有更大的仓，接纳从四十里箐河冲下来的柴火，场面壮观极了。

拐进山林，我被铺满青苔的树桩吸引住了，心里有刺痛的感觉。

盐业的历史，由于制盐工艺的落后，造成啦井林木悲哀的历史，当年为砍伐盐厂需要的木材，一片片剃头砍，连国家一级保护的滇藏木兰也不能幸免。盐矿附近的森林被砍光了，就向四十里箐河延伸。

小时候在澜沧江畔捞柴，总不明白澜沧江何以在一段时间里漂来好多柴火，盐马古道之旅解了我心中的谜团。盐矿柴火运输不方便，于是就有了5仓人为的水潭，但放水运柴火的时候，难免有大量的柴火冲到离啦井17公里外的澜沧江里，于是就留下了童年的记忆，那在澜沧江畔捞柴的情景。

榛树林掩映的树桩，沉寂历史的足迹。风声大了起来，四十里箐河谷叹息声声。小鸟啁啾里，有一种叫声格外刺耳，这种叫声像老鸹和水田鸡叫声的混合。赵医生告诉我，这是榛鸡，专吃榛树果。榛鸡在东北叫"飞龙"，俗话说"天上龙肉，地上驴肉"，龙肉指的就是榛鸡肉。

蜂在身边盘舞，走不多远，蜂儿停留在一树快要谢了的吊钟花上，我手拿着一株新叶百合，不觉到了海拔2920米高处，看到了红豆杉和水冬瓜树根长在一起，最令人惊奇的是，在这样高海拔的地区，植物绞杀现象随处可见。

牵牝牛的彝族汉子

这是怎样神奇的现象啊！五加科乔本植物和卫矛科藤本植物，绞缠攀树生长，但却把寄主树杀死了，自己变成了藤本植物，作为新生的树伟岸在森林里。缠绵的爱情里有残酷的牺牲作铺垫，我坐在树下无语。

乌鸦的叫声，似乎验证我的心情，植物绞杀现象触动我的文思，爱情悲剧故事酝酿于心里。

云杉、冷杉多了起来，粗大笔直的树干，裸露的树根铺成奇特的树根台阶，这是由啦井通往期井的盐马古道风景。走在上面，神思飘游间，但听一阵马铃铛声响，一位彝族汉子牵着牦牛迎面走来。

阳光透过树隙斑驳了路面。松涛阵阵，好像有无数的波浪从身后追来，一种特别好听的鸟叫声，在浪尖上跳跃。

在海拔3020米处，我看到荚蒾花。路边倒伏一棵长约10米的大树，树杈就像千手观音的手。五叶瓣奇树、阿明五加等奇形怪状的树瘿，让我兴奋了起来。

原始森林的风貌尽现眼前，不知道为什么，我们由植物说到了战争，抗美援朝时，植物学家吴征镒就是从一片漂亮的叶子上判断出细菌在战争里投入使用的。

马铃铛的声音不时响起，心潮起伏在盐马古道上，不知不觉到了四十里箐河的垭口，一位扎着绑腿的彝族老人，手里抱着放羊鞭坐在垭口。老人见了我们高兴地笑了起来，朗声说道："山上难遇千年树，世上难遇百岁人。"

海拔已经到了3120米，翻过垭口，一条新挖的公路向森林深处延伸，老人爽朗的笑声在森林里回荡。

箭竹寄生大树的奇观令我惊讶，尽管认识了不少的植物，但杜鹃花谢了，我还是惆怅此行没有看到杜鹃花姹紫嫣红的景象，也许是给我的一种安慰吧，冷杉林里零星开着紫色或者白色杜鹃花，徒步的疲倦不觉消失了一些。

四十里箐河，蕴藏着无尽的宝藏！

阿明五加

"宁得一把五加,不用金玉满车。"

沿四十里箐河往弥勒坝进发,在海拔3020米时,我终于见到了阿明五加!这个以发现者命名的植物,几年前就牵引着我的心,而今终于看到了阿明五加,我不由想起了李时珍极力推崇五加时说的话。

我的向导,正是阿明五加的发现者,兰坪县啦井镇卫生院退休的中医师赵荫孙。从跨入四十里箐河开始,赵医生就一路给我补植物学课。

阿明五加发现者赵荫孙

五加是植物学范畴里五加科 *Araliaceae* 植物的泛称，在我国分布有 23 属 170 余种，其中五加属 *Acantnopnax Miq.* 植物有 26 种，在云南就分布 9 种 7 个变种。

植物学领域里尚属首次发表的"新分布种"，在医学领域里迄今尚未为全国正式出版物"本草"系列所收录，以发表人的名字命名，于是，赵医生就以他的乳名"阿明"命名了他发现的五加属种，阿明五加由此而来。

到北京参加表彰大会，捧回世界创新医学大会组织委员会授予"阿明五加"基础优秀论文一等奖的奖杯和勋章，距今已经有 8 年了。看着头发花白了的赵医生，对这位闻名兰坪县的赵氏中医世家的后人，我充满了由衷的敬佩。

赵医生折了两枝阿明五加树枝，坐在地上，把枝叶摘了装在草帽里，又剥树皮，我问他剥树皮干什么，他笑了起来，说到富和后，用阿明五加的树叶树皮泡茶，不仅解渴还解乏，抗疲劳的同时还可以增强免疫功能，促进食欲。

世界创新医学大会组织委员会授予赵荫孙的奖杯

走得口干，喝茶水不起作用。赵医生介绍着阿明五加的功用，递给我一些阿明五加的树皮，我学着他把树皮放入嘴里嚼了起来，刚入口时有微微的辣味，越嚼口就感到越不干了。

我闻了闻剥了皮的树枝，一股淡淡的清香味，不由舔了舔。赵医生笑了起来，说当年他妻子多次陪他进富和山考察植物，也是这样舔剥了皮的树枝。我不由想起在杏林居赵家做客的日子，病中的赵夫人，那

个顾全大局识大体的家庭主妇留给我很深的印象，对赵医生成就背后站立着如此平凡却不平凡的女性，深深的喜爱里有了赞美。

《桂香室杂记》诗云："童颜鹤发叟，山前逐貗骓。问翁何所得，常服五加茶。"可见五加有抗衰老的保健功能，这个功效，在春秋战国时期就有了流传，鲁定公之母"常服五加酒而长寿不死"；20世纪60年代，美国宇航员登上月球，能量补充的就是刺五加；第23届奥运会苏联运动员服用五加制剂创造了令人震惊的成绩……

阿明五加作为五加属种，也具有抗疲劳、抗衰老的保健功效。我不由细细打量眼前的这棵落叶乔木，树高在20米以上，树围在3米以上，掌状复叶，叶片薄革质，披针形、椭圆或长椭圆形。

一路上，我们看到植物保护得很好，啦井镇自然资源的开发利用和保护更新令人欣慰。

从四十里箐河到富和的弥勒坝，我们徒步走了10个小时，一到村主任年树发家里，赵医生就给我泡了一杯阿明五加茶，那晚的采访持续到凌晨两点半，可是我一点也没有感到疲劳。月夜整理采访笔记，我想定是阿明五加茶的功效。

想起在森林里小憩时，赵医生开玩笑地对我说"给你吃阿明"，想起一进入年树发家时，彝族人就自豪地说"我们的阿明五加"，我笑了。

阿明五加发现者赵荫孙与彝人年树发

弥勒坝记忆

山峰如剪影,三两棵树突兀在峰巅上,树的葱茏被蓝天白云衬托。斜阳照在高山草甸,零散的牛羊、木板房上的炊烟,难以抹去迷人的风景,登高的脚步不由轻快了起来。

突然呈现眼前的弥勒坝,令人豁然开朗,刚翻犁过要种优质草的黑土地中间,绿草铺就的路直通坝子深处的村庄,红瓦在阳光下耀眼。

木板房镀上了一层金色,安静地向远方来客叙述富和的生产状况。过了一道山寨门的栅栏,迎客树伸开双臂迎接我们的到来。

彝家秋晨

盐马古道

　　在村口的草地上，我们坐了下来。阳光从云缝里倾泻下来，照在身上暖暖的。我掏出手机看了看，从公路旁生的小路，经四十里箐河徒步到弥勒坝，我们刚好走了10个小时。

　　篱笆围成的家园，静美在青草坝子深处。峰峦叠翠，森林有雾纱轻扬。"苦荞粑粑蘸蜂蜜，甜在嘴头苦在心"，富和曾有这样的歌谣。而今幸福地围着火塘，看着电视，品味我们喜欢的食物，心头却少了曾经流淌在这歌谣里的心酸。

　　清冷的月夜，思绪凝结在酒的醇香里。主人唱起了赶马调，歌毕伤感地讲述起了盐路山哨卡的故事。丝丝缕缕的月华从木格子窗花里倾泻，将盐马古道的脚步摇醒。

　　徘徊在雾湖边，山影云影倒映在湖面。鸟儿叫着从湖面上飞过，尾巴轻剪湖面。风起了，摇动湖面上的水草，吹皱了湖水，湖面的影子碎了。杜鹃花开湖边，不时有歌声传来，匆匆走在湖畔的彝族女人，裙褶带起波光粼粼的心动。铃铛脆响，黑羊、白羊，从湖边如云般卷过，漫过了青草坡，隐入森林里。

　　下雨的时候，雾湖垭口常常会下冰雹。我在雾湖边，有幸看到了下霜的景致，可惜错过了雾湖喷雾的奇观。人生就是这样，熊掌与鱼，难以取舍！

　　诗性的弥勒坝，阳光跳跃在神树上，人们的笑脸荡漾着快乐的音符。

　　家族的羊皮鼓带着历史，诉说着传说，敲响了，敲响了！神秘的巫师表演退口舌仪式在火塘边进行，锅庄的舞步依旧悠闲地踏响在游人心头。

　　从富和村东南看弥勒坝，就像弥勒佛枕着右手卧着，雾湖是佛祖头上的光环。人神共居的地方，必然有传奇故事，弥勒坝也不例外。

　　相传唐朝时有位李将军路过弥勒坝，要带兵到澜沧江西面，再到缅甸北部的密支那。李将军的大队人马到达弥勒坝时，正好天大亮，于是李将军将这个地方标明为明亮坝，后来被人们叫为弥勒坝。

弥勒坝记忆

牧歌飞扬

　　另外有一个版本，说的是两个和尚到富和山，一个认为此地风水最好，一个却认为最差，于是在雾湖边打赌，燃了两炷香，说好第二天再看燃香，燃香根底部如果有露珠，这个地方就是风水好。第二天他们来到雾湖边看昨晚的燃香，其中有一根燃香根部有一颗拇指大的露珠，于是两个和尚就将这个地方命名为弥勒坝。

　　追随走向村外的羊群，镜头随感动的心捕捉美景：细雨中悠闲地甩打着尾巴的牛，森林里孤独守望的马；坝子里呼啸奔跑的骑手，马蹄扬起的灰尘；树下对歌的恋人，挂着铃铛慵懒的猪群；牦牛在杜鹃花树下享受生活……

　　来到弥勒坝，不能不说神树。节令如何更改，山的颜色如何变化，弥勒坝的神树，一年四季青绿如初，傲然挺拔在天地间。

　　彝族人的迁徙史跟高山和森林分不开，他们的图腾崇拜里，动物崇拜就是林中之王老虎，当然，彝族人也是龙的子孙，有根深蒂固的中国情结，除了崇拜老虎，他们还崇拜龙。彝族人的植物崇拜是神树。

无论在家里举行退口舌仪式或者祭祀崇拜的图腾，他们都离不开树枝，树枝上的叶子当然是青绿的。绿是生命的象征，是永远不变的执着追求。彝族人认为，他们是自然之子，生活依靠自然，必将回归自然，人死了，只需要一棵树劈成柴烧尸身，将骨灰撒在森林即可。

对树情有独钟的彝族人，他们崇拜山神，崇拜神树，于是乎，自然就有了他们祭祀山神和神树的独特风俗。

和尚燃香打赌的地方

彝族有自己过年的日子，这过年的日子，每个村寨、每个家族不一致，有他们的讲究以及掐算方法，除此外还过春节，除夕那天，他们祭菩萨，初一祭山神。

祭山神一般需要香三炷，分别砍下一小枝红豆杉、铁杉、赤松树枝，将树枝插在祭山神的地方，把宽为两指、长为二尺左右的三条白纸挂在树枝上。选择祭山神的地点也有讲究，从自己居住的房子背后正中位置直直地往山上走，看中哪个地点就在哪里祭，如果祭祀不顺利就换祭祀地点，只能上下位置换，不能左右位置换。祭品有鸡蛋一个（或鸡一只），酒、茶各一杯，爆苦荞花一碗（几个也行），腊猪肉一坨。祭山神如果用鸡蛋就不用鸡，如果用鸡就不用鸡蛋。活鸡祭祀山神后才可以杀，将鸡内脏处理干净装入鸡腹内煮，煮得半生不熟时再祭一次山神。

每年开春初一到十五的日子是彝族人祭祀生产树的日子，三月春耕、牲口野放轮放时他们也要到生产树下祭祀。祭生产树要用活公鸡祭，除活公鸡外，还在生产树前摆放一碗熟米饭、一块四方形的猪头肉，当然少不了茶、酒各一杯。生产树又叫神山树，只能选云南松为祭祀对象。

弥勒坝村口，一棵大树伸开树枝耸立在霞光下，好像在欢迎我们的到来。这棵树被弥勒坝人称为迎客树，这也是一棵神树，受到弥勒坝人的崇拜。

祭祀神树，彝族人自认为是保护生态的一个象征，祷告内容和祭山神一样，有的在神树下竖立一块石头，有的没有这样做，神树前插竹竿，用树枝搭台子。搭台子的树枝可以一年换一次，竹竿却必须用原先祭祀用过的，竹竿节子不能有虫子咬过的痕迹，也不能掉绿叶，竹竿上挂二指宽的白纸十多条。祭神树要用一只黑山羊，弥勒坝人称之为波罗羊，黑山羊必须是没有劁过的三岁公羊，浑身毛色纯黑，不能有一根杂毛。祭祀神树前一个月就选好祭祀用的黑山羊，选中黑山羊后由全村人凑钱买下黑山羊。祭祀神树这天，全村人都要出动，如果有特殊原因一家人不能参加祭祀活动，最少要派一位代表参加祭祀活动，这一天人们禁吃狗肉、马肉，狗、马不能到神树附近。

寻访生产树，成了秋天我再次上富和山到弥勒坝一游的心愿。

从年树发家往村后的森林里走去，蓝天的云彩透亮，好似银河涌波，浪花朵朵堆叠向前，山林红叶红似火，坡地上羊悠悠吃草，坡地和树林交界处有三两根竹竿上飘扬着白纸，生产树就在不远处的树林里。

这是一棵高大笔直的云南松，树枝上挂满了松萝。周边的树木众星捧月般围着生产树。我仰起头来看生产树高如几许，遮阳帽掉在树下，脖颈有点酸，但却望不到树尖。阳光从粗壮的树干后照过来，松萝冉冉飘动。

"让我们这个村庄的人求财得财，求宝得宝，五谷丰登，六畜兴旺，人财平安，请山神为我们做主。"祷告声，跳跃在神树附近的绿叶上……

石桥觅英雄

从四十里箐河垭口往弥勒坝走去，走不了多远，我们就走在简易车马道上，这条简易公路由啦井山神庙起，到弥勒坝前止，蜿蜒穿行在森林里，一路观赏不尽奇树，杜鹃花如影随形。

到了岔路口，我们有意走向通往期井的路，这条路上有原始林和次森林。过了木头铺成的栈道，我们在杜鹃花和柏树、冷杉混杂的林间草地上小憩片刻，看看时间已晚，恋恋不舍地告别了这条路，又走上通往弥勒坝的路。

通往期井的路上，有一座小石桥让我心仪！

抗法英雄杨玉科修建的石桥旧址

来到古盐镇啦井，小石桥就在大家的叙述里让我牵挂，这是盐马古道上保存完整的一座小石桥，更主要的是，这座小石桥由抗法英雄杨玉科所修。

杨玉科，字云阶，谥武愍。出生在兰坪县营盘镇西营村，历任鹤丽镇、开化府总兵，云南提督，广东省高阳镇、阳江镇总兵，广东省陆路提督等职。1884年，中法战争爆发，杨玉科率广武军英勇作战，不幸中炮身亡。

在兰坪，一讲起盐马古道，人们自然就会提到杨玉科。

弥勒坝的美景，并没有让我忘记到小石桥寻找英雄脚步的心愿。经受了雾湖垭口冰雹的袭击和森林雨水的洗礼，感受了木板房里彝族同胞的热情，我们到小石桥边时雨水终于停了，太阳露出笑脸。

这是一座石拱桥，桥身铺着一层土，草青青盖住桥身。从桥上过，流水淙淙。水清澈见底，波纹清晰可数。

我坐在水边枯树桩上，静听鸟鸣，思绪在阳光下随着水流飘溢。想当年，杨玉科偷偷背运私盐，与盐灶主们智斗，发放盐巴给附近穷苦人民，被抓后半路上逃脱，逃到啦井三岔河后，从右面山箐无人涉足的森林里逃去，不多久就抵达沘江河畔。杨玉科的出逃路线，使原来的盐马路大道行程缩短了一半。杨玉科发迹后，

杨玉科将军遗像，清光绪六年（1880年）摄于上海，时年42岁

盐马古道

修改盐路，路面全用石板铺砌。杨玉科修改的盐路，有意将啦井、老姆井、期井连成一条线，将通往大理、昆明、保山、怒江、迪庆的盐路打开了。为了防止盗匪抢盐，还设立了盐路山哨卡，保护商旅行人。从此，盐路不因雪封山受阻，啦井不存在盐因路不畅滞销积压的现象，古盐镇啦井商贾云集，热闹繁华。雾湖泛滥，淹没玉龙厂，杨玉科派人修了小石桥，这是盐马古道的一个路段，小石桥的修建，保证了通往内地保山、大理、昆明的线路畅通无阻。

英雄长眠，可杨将军的爱国主义精神在家乡代代相传，营盘镇杨玉科将军纪念馆，已经成为兰坪县爱国主义教育基地。

"叮当，叮当"，羊群暮归，彝族妇女荷锄而归，从小石桥上款款走过。

英雄的脚步从盐马古道上向我们走来，小石桥上响着岁月履履声。风起处，送来阵阵涛声，前人背影在不远处，我的心不可抑制缅怀。旋律浪涌，《云南大纪念》唱响在历史烟云里：

快哉安南役，快哉安南役，歼孤拔，滇军奏奇迹。滇军真勇绝，宣关围，四十日，城破在旦夕。班师诏，真痛惜，到而今，金马碧鸡已非昔。我滇人，我滇人，大纪念，快哉安南役；壮哉武愍公，壮哉武愍公，镇南关，为国血流红。名誉战死雄，招国魂，谁作主，法路已修通。铁血外，无主义，竞生存，人人当学武愍公。我滇人，我滇人，大纪念，壮哉武愍公。

一碗水情思

情人树

盐马古道

　　首次富和山之旅，随着五一长假收假而匆匆结束。离开富和山时，走的方向和来的方向不同，但见森林莽莽苍苍，吉普车穿越在林海里，宛如一叶小舟颠簸在绿色江涛上。

　　一棵阿明五加和一棵红豆杉树缠绵生长，就像一对情人相拥热吻。我们驻足情人树下，一边拍摄照片一边感叹不已。

　　海拔3110米处，红豆杉林蔚为壮观。极目远眺，望不尽林海边缘。林海深处的玉龙厂以炼银出名，曾吸引多少人前来探宝。穿林而过的盐马古道和银马古道，演绎人间悲欢离合。走在林海里，我的心就像透过树枝洒在地上的光斑，俯拾一地流淌的民间传说故事。

　　在一处不显眼的地表渗水处，向导说："一碗水到了。""一碗水"是地名，是隐没在林海深处的古道所路经的地方。坐在一棵树下打量一碗水，就像思慕一本书，突然得到时不急于翻开阅读，而是打量一番书的装帧设计一样，我不急于翻阅一碗水。林海安静无语，小鸟歌唱时断时续。

　　传说，碧罗雪山的龙王太子和一位凡人在丽江府木天王那里读书，两人相伴而行，从盐马古道回兰坪，到玉龙厂这个地方，凡人口渴难忍，龙王太子把笔插入地里求水，求出一碗水让凡人解渴，于是，在龙王太子点笔求水的地方，就有了一碗水的地名，这一碗水舀了又舀，始终舀不完。

　　一碗水离红豆杉王不远，龙王太子点笔求水的地方长出两棵大树。龙王太子和凡人在丰收店前垭口处分手后回碧罗雪山龙潭去了。人生轮回不知道多少回，当年的凡人何处去？住在碧罗雪山上的龙王太子，会想起为凡人学友点笔求水的往事吗？

　　我们特意拜访了红豆杉王。

　　这是一棵高大的红豆杉树，高不见树尖，干粗壮，三个人勉强合围。初步计算了一下，大约6.1米，我们一边拍照一边感叹不已。树王身边的树，就像护卫似的。尤其令人叹服的是，一枝倒伏的枯树桩，像一艘龙舟，舟上升起的船帆是两颗大树，就像一对恋人牵手站在船上。

站在富和山一个台地上眺望碧罗雪山，雪山上的雪线在阳光下熠熠发光。我希冀看到龙王太子的影子，利用相机长焦镜头将遥远的雪山距离拉近。雪山上祥云朵朵，龙王太

碧罗雪山峰巅积雪

子不知道云游何处，黛色峰峦冷峻高远。千山之上的雪线就像神灵献给宇宙的哈达，心灵被圣洁感召。我回老家给祖坟上香时，曾坐在营盘街后山上极目眺望碧罗雪山，雪线让我有了朝圣的冲动，我跪在地上，伸开双臂把家乡的山水拥抱。而今在富和山，同样的情愫充溢心胸。

坐落在山头上的丰收店（富和村民委员会旧址），四面环山，绿树掩映。背依的碧罗雪山巍峨。相传，龙王太子到了碧罗雪山上，布下许多湖泊，碧罗雪山上有大大小小99个湖泊，是龙王太子留下的。

同一个山系的啦井镇富和村委会与营盘镇沧东村委会，都有观音造桥的传说，只不过沧东的观音造桥是在澜沧江上，而富和的观音造桥是在大山上。望着观音造桥的遗址，我不由感叹，这是盐马古道的一个路段，观音造桥的传说正是当时人们愿望的反映。

时令才进入初夏，富和的林海却有了红叶黄叶。天蓝得醉人，白云飘逸，牦牛群悠闲地在林间青草坪上吃草。木板房萦绕山歌，火塘温暖。

待到满山红遍时，谁在林中笑？

盐马古道

雾湖醉秋

弥勒坝深处的雾湖，垭口的路通入原始森林里，冷杉伟岸。波光粼粼的湖面，翠绿的水草，鸟轻点湖面脆声飞过，两岸青山如黛，杜鹃花开璀璨，蓝天白云下，羊群悠然经过芳草萋萋的湖畔，盛装的彝族女人在铃铛声声里唱响了山歌……

难忘富和彝山行！

一路上，但见五角枫红得烂漫，阿明五加黄得温馨，杉树绿得青春，森林色彩斑斓。彝族山寨在夕晖里静美，炊烟袅袅，暮归的羊群各自归家，弥勒坝飘荡彝族山歌。

湖面波光依旧，水草由翠绿变成了深绿，湖深处游动着两只洁白的水鸭，太阳光犹如追光束，打在湖畔垫状杜鹃丛里奔跑的马儿身上。秋山倒映湖里，燃烧了湖面，醉酒照镜般的笑脸，雾湖醉秋画卷铺展在眼前，让人流连忘返。

雾湖喷发的雾，犹如小白龙盘旋在弥勒坝上空，绕着弥勒坝缓缓飞行，穿过村庄变成了彩虹，普降甘霖后又变成了小白龙向雾湖飞去，隐入雾湖不见了……在富和山村委会党支部副书记年树发家的楼梯上，我领略了雾湖喷雾如白龙飞舞的奇观。

每当天气变化，雾湖上就喷发雾气，尤其彩虹高挂弥勒坝村庄上空的那年，富和山就会风调雨顺，丰年收成装满粮仓。神奇的雾湖，让我魂牵梦萦。我的脚步不由流连雾湖，终于有了拥抱雾湖喷雾奇观的机会。

雾湖醉秋

迷离秋色

晨曦初露，羊脂玉般的雾升起在三面环山的草坝尽头。湖面的雾如薄纱曼妙轻舞，缠绕在山腰，顺着山腰盘旋，好像一位调皮的女郎。雾旋着舞步，踮起脚尖将大山哥哥亲吻，却又害羞地躲入大山哥哥的背后，将羞红的脸从大山的肩上半露。雾从大山的发间流泻，倾泻湖面，晨风吹皱湖面，大山的脸膛在湖里微红了起来。湖水清澈，两岸景色清晰可见。山水相接的水平线，成了山与影的分水岭，雾在分水岭上抹了一层淡蓝的颜色。

太阳照在山岗上，山岗上的雾成了酡红，而湖面的雾更加轻盈，通体透亮了起来，整个湖面蒸发着雾纱，阳光照射的地方，雾变成了淡红，流动的颗粒清晰，我想那大约是水珠的微粒。沿着湖岸走一圈，湖光倒影因为山与山的不同而不同，五彩斑斓，流动着醉人的青。

站在湖口望向雾湖垭口，两岸山峦如波浪起伏，突兀的树高高立在山的剪影上。太阳光从森林里透射出来，束束光柱打在草坪上。踏过

铺盖白霜的草坪，脚步惊扰了正在湖岸吃草的马，一匹、两匹、三匹，马儿相继绕湖奔跑了起来，一时间，蹄声打破沉寂。

湖水包抄的小山峰犹如一尾鲤鱼，红色的鳞片在太阳下闪闪发光，摆尾鼓腮游动在雾湖上，鱼嘴里含着一棵挺拔的冷杉，湖面的鱼和山形的鱼相映成趣。红鱼自由地游动在蓝天碧水间，雾是红鱼手里舞动的长披肩。我走在"鱼"身上，鱼鳞间，一行行青草向前延伸，湖面飘来的雾轻柔地将我包裹在怀里。走在草行间，回头望，但见光斑洒向湖面，雾在光斑里穿行，五颜六色流动，煞是好看。

对岸的山，从湖边渐渐散开，弥勒坝的草坪从湖面延伸开去。青青的草地，绿色的山峰，白色的栅栏，橘红的马匹，蓝蓝的水，缥缈的雾，倒映水面的景与蓝天白云呼应，和谐美丽在富和。

赏读雾湖秋色，我的心渐渐醉了。坐在湖畔，沐浴在晨风和初升的阳光里，雾湖之水如琼浆玉液，湖面的雾是上升的茶气，我邀约山川共饮，在雾的轻舞里与大地愉快对弈，在湖的多情里与天空自由对话，此情此景，羡煞高居华宇的玉帝！

离开雾湖前，我不由扑倒在化霜过后更显青葱的草坪上，耳朵紧贴草地，倾听雾湖心跳声。

雾湖拍摄记

  弥勒坝深处，有一个美丽神奇的雾湖。每当气候变化，雾湖就会喷雾。更为壮观的是，有时雾湖喷发的雾就像白龙从湖面盘旋升起，随着晨的脚步绕着弥勒坝缓缓飞行，挂在村庄上空变成了美丽的白虹，直到夕阳西下时白虹才向雾湖方向飘去，渐渐消散在森林里。白虹显身的这一年，富和山上风调雨顺，秋实累累，道不尽大丰收的话题。雾湖喷雾现象，成了弥勒坝居民知晓天气变化准时的预报表。

  五一长假盐马古道之旅，我与雾湖喷雾奇观交臂错过。遗憾催促脚步，立冬前夕，我又再次徒步富和山，到弥勒坝雾湖边，但见湖两岸秋色浓，森林被红、黄、绿三种颜色尽情熏染，初夏才翻犁播下优质草种子的弥勒坝，一片茵茵绿草。湖岸风景倒映在湖里，雾湖醉秋的景致让我流连忘返。

  当听到两天前雾湖喷雾，心里的失落无法言说。怀着一种侥幸心理，第二天早上6点15分，我起了一个大早，冒着严寒，站在二楼的楼梯望向雾湖。雾湖方向黑黑的，只有天上的星星闪着眼，楼房一角的路灯昏昏沉沉没有睡醒。天气特别冷，我撩起围脖的一角搓冰冷的双手，想静等天亮，可是双脚像被冰块捂着似的，只好回到了被窝里。热热的被窝没有了热度，一股寒气让我不由苦笑。

  迷迷糊糊里，女主人的咳嗽声传来。天亮了！我激动地跳了起来，来不及梳理披散的长发，急切里把长长的围脖往头发上一裹，抓着相机包的提手就往门外冲。天没有大亮，但见雾湖上笼罩着雾，朦朦胧胧不

算多。我和女主人站在楼梯上观望的工夫,天大亮了,只见一股白雾冲天而起,如龙盘旋在雾湖上空。白霜铺盖的村庄静静地还在酣梦里,我激动地向村外冲去,不料村口的一条猎狗凶猛地叫着向我冲来,吓得花容失色的我折转身没命地逃回住处。女主人不知道去了哪儿,我急得拍打阿堂睡房的门,大叫:"快起来,阿堂,雾湖喷雾了!"眼睛不忘看雾湖上悠然飘升的白龙。

弥勒坝雾湖

在阿堂护送下,我向长长的草坝通道深处的雾湖奔去,一心想亲近白龙,忘了抓拍图片……阿堂奔跑了一阵,剧烈的咳嗽让他落在后面。不知不觉间,有人跟我并排奔跑。我侧头一看,竟是啦井农技站的站长杨春红。他们来到富和山进行农村数字化建设调查,昨夜宿在弥勒坝,听到我拍打阿堂睡房的叫声,杨站长急忙起床追赶我们,想抓拍雾湖喷雾的奇观。

还没有跑到雾湖，白龙飘散了。清晨的雾湖，湖面上的雾细碎，就像雾湖嘴里呼出的热气，两岸的山峰如剪影，天空和湖面白蒙蒙一片。湖畔的绿草上结了一层白霜，弥勒坝就像在湖边梳妆的女人，没有将美白润肤霜擦均匀，但别有一种风韵让人忍不住亲近。

阳光洒在山尖上，湖面雾气消失殆尽。怀着失落，我们从原路返回。围护草坝的栅栏蜿蜒通向村庄。两个和尚燃香打赌的旧址上，栅栏横切，木板房和神树被森林和霜草烘托，雾锁山岚的景致迷人。

第二天六点半，我和阿堂披着彝族人家的披毡，拿着电筒向雾湖走去，想守在雾湖边静等喷雾奇观。黎明前的黑暗里，雾湖静悄悄，森林酣梦未醒。我们的守株待兔没有什么结果，雾湖平静得连哈欠也不愿打一个，湖面吝啬得没有一缕散碎的雾。

我们到西山采访牦牛基地，从期井返回弥勒坝，夜走森林，从雾湖边经过时，我对着夜色祈祷，希望明天早上雾湖能够喷雾。

诚意感动上天，第二天早上，雾湖真的喷雾了，我们终于看到雾湖喷雾奇观，真实地拥抱雾湖。

盐马古道

森林氧吧

穿行森林，尽管没有路，我们却是那么自信，只要敢于前行，路就在脚下！

也不知道走了多少山路，我渐渐习惯了，脚趾不再磨得起泡，小腿肚不再酸疼。尽管上山时喘息不止，脚底被石头硌得麻麻的，可前方有我要去的地方，征服的欲望让行程变得轻松有韵味。

秋天的森林五彩缤纷，针叶松金黄，五角枫红艳，阿明五加蛋黄，绿色基调层叠着秋的激情。从灌木丛走向野生竹林，在杜鹃支撑的伞盖下小憩，阿堂和年大哥表扬我，说一位娇小的弱女子爬山不逊于男子汉。我得意地笑了起来，几次徒步的经历，让生活在城里的我不再娇气。

秋天，我没有手持一杯普洱茶，立在融融夜色里观赏秋菊。静享孤寂，我没有感叹"人比黄花瘦"。走在幽静小径，我没有感慨落叶潇潇。我再次上了富和

别有洞天

山，**攀登长岩山**。登高赏读林景，火一样的诗情在胸腔鼓荡。问雁儿，为何不衔一枚香山红叶向我飞来？手持白云当锦书，一叶富和山红枫当令箭，寄予远方独行人。

从长岩山最高峰经过，下山时，我不再有登高望尽千峰秀，振臂一呼彩旗飘的豪情。森林里铺盖一层厚厚的青苔，墨绿色或白色、褐色的树干被青苔包裹。青苔也被秋的醇酒熏醉，薄染红色。踩在青苔上面，就像踩在海绵垫上。

扫去青苔上枯叶，好想在大自然铺展的"床上"酣睡。扑在青苔上，我闭上眼，美美地享受起了林间天然之床的舒适、安逸。阳光透过树隙，洒在身上，暖暖的感觉让我倍觉山光水色的亲切。

"森林氧吧"，我对眼前的景色，只有这么一句词汇描述，再也找不出比这更合适的词汇了。树是房屋，阳光是旋转的灯，青苔是舞池，我是大地娇宠的精灵，飞扬着长发尽情舞蹈。我就像一位骄傲的公主，沐浴阳光，舒展四肢尽情享受山风按摩。世界没有纷争，大自然袒露心扉，我的歌声纯净如水，我是自己的王，

天然地毯

不必包装自己,无须粉饰时光。

狗熊在白天极少转悠到山下来,但常在森林里行走。在森林里钻来钻去,我跟山风玩起了捉迷藏,美丽的青苔让我忘记危险。行走盐马古道的沧江霞衣,把疲惫交给森林,脸埋入青苔里,幸福地假寐,任思绪自由漫游。阿堂和年大哥坐在不远处,守护着充满梦幻的女子。年大哥曾经是富和山猎手,有彝家猎手在,狗熊只会躲得远远的,我没有丝毫担忧。

长岩山是滇金丝猴故乡,是小熊猫出没的地方,一种温情让我想亲近它们,我多么想能与这些可爱的动物不期而遇,可惜我们无缘与它们相会。

小溪蜿蜒,我们恋恋不舍地告别森林地毯,随着溪流一路下山,渐渐地,一条凹凸不平的路出现在眼前。夕晖照在箭竹上,古道上光速迷幻。竹枝引领我们走出森林,看到牦牛在山坡上悠悠吃草,心热热地想起了彝家阿姆在木板房里唱响的歌谣。

当年,迫于生计背私盐的人,为了避开缉私队,不走官马道,钻入茫茫林海,挥舞砍刀,劈开挡路的藤蔓,蹚出一条条隐蔽的盐马古道。青苔如地毯舒适无比,挽留不住为生计而匆匆赶路的脚步,森林里虎虫再凶恶,总比饿毙街头强。"森林氧吧",只有生活在 21 世纪不为生计发愁的游客安然享受。

太阳偏西,年大哥的脚步加快了起来,说天黑前要赶回弥勒坝。彝人猎手严峻的脸色,让我意识到在长岩山夜走森林,白天安宁的森林会在夜间变得喧嚷不安。我不再有上山时慢悠悠赏景色的闲适,也没有假寐在青苔上的遐想,紧跟着年大哥的脚步走路,阿堂自然殿后。紧赶慢赶,天黑前,我们回到了弥勒坝。

天际,红霞如鱼游动。

长岩山游记

长岩山游记

　　从彝族寨子弥勒坝远眺，长岩山在天边竖立如屏障，重重山峰有了尽头。我和啦井政府工作人员阿堂在年树发大哥带路下，从富和山的弥勒坝出发，穿过高山草甸，攀登长岩山。两位彝家阿妈站在雾湖畔目送我们远去。我虽然不是彝家女，但阿妈在木板房内唱响的歌谣，阿爸在火塘边传递的转转酒，让我心驰神往，一种情结无须语言，那是心灵流淌的水。

千呼万唤

长岩山是云岭山脉的核心地段,是国家一级保护动物滇金丝猴的活动地带。南北走向的长岩山,北接梅里雪山,南至湄公河,由燕子峰、雕王峰、猴王峰、剑柄峰、公鸡岭、石月亮等几个著名风景群组成,是云南省怒江州兰坪县啦井镇和金顶镇的界山。以长岩山的山梁为界,长岩山东面是金顶镇,境内有号称亚洲储藏量第一世界第二的铅锌矿床、佛教圣地金鸡寺和黄帝故里轩辕祠等,西面是云南省三十三个古镇之一的啦井镇,因厚重的盐马古道文化,被人们称为古镇盐乡。

行走在山的波浪里,一路道不完森林秋景。从这山到那山,前行的目标有无限风光,我只想尽快攀登到长岩山,看看山的尽头是怎样的风景。

山梁被秋叶染霜,蓝天铺开书桌任大树尽情抒写。我们不断登高,怀揣针叶松的金黄,蓦然回首,高山草甸弥勒坝犹如补缀在山脊上的彩布,富和山四山夹一坝的无限风光奔涌眼底,山与山走向不一样,景与景不相同。我用望远镜搜索,抱着侥幸心理,想透过大弯子山、拉沙山、玉龙山以及长岩山、弥勒坝寻找四十里箐河、期井河、青河、后山河的靓影,沟壑纵横,溪水无言,品不完山的雄峻,却难以读到水的温柔。

燕子峰是我们的首站。燕子是啦井的吉祥鸟,我徒步在啦井镇的盐马古道,无论是垂柳青青的玉龙河畔,或是高寒山区,都与燕子不期而遇。长岩山半腰有燕子飞来筑窝,颇似燕子剪刀尾巴的山头,自然被当地人命名燕子峰。

坐在山梁上小憩,放眼四周,山峰从眼前高高低低铺展开去,黄艳的色彩随着山峦的遥远渐淡。阳光灿烂,云絮轻盈,天空蓝得透明。遥见兰坪铅锌矿山,从山顶剃头似的层层而下开采,墨绿的山脉被摘掉了帽子露出一角秃头。

穿行在森林里,说不清长岩山上树的品种有多少,只知道长岩山的白色苔藓有类似雪茶的功效,能降火明目和减肥。雪竹等不同品种的实心竹时常牵住衣角。走在没有路的森林里,灌木难以遏制心湖上泛起

长岩山游记

的涟漪，我热望着与滇金丝猴和小熊猫不期而遇。热望与失望并存，我们连滇金丝猴和小熊猫的影子也没有见到。

中午两点过十分，我们终于登上了长岩山第二大高峰。千山万壑奔涌脚底，淡蓝的天空辽阔无垠，云在空中飘荡。山的尽头还是山，层层峰峦在眼前开阔如大海，置身其间，快乐自心底生，自然生发在其间畅游的欲望。

站在高高的岩石上，拿着望远镜观赏风景，山与天相连处，云雾缥缈，玉龙雪山披着白纱巾，犹如一群迈着莲花碎步的仙女跳起了欢快的舞蹈，领舞的三两位汉子披风猎猎。哈巴雪山忽隐忽现雪峰顶尖，隐藏在云雾里的梅里雪山露出迷人的微笑。山是雄峻的，但也是柔美的，云雾里凸现的雪山纯净得让人有抚摸的冲动。我只想变成一只鹰，飞上雪峰拥吻；我只想变成一条小溪，伏在山怀静美；我只想变成一片叶，随风醉在秋色里。

老鹰振翅

长岩山是让人读的，山上的岩石是一部书！

巉岩纵横，刀削斧劈的山崖上，秋天举着手臂，把冷峻的大山抚慰。我盘腿坐在山岩上，静看风起云涌、沧海桑田抒情怀。天地博大幽远，思想成了歌者，率性而为，在天地间自由快乐地歌唱！

酷似出鞘宝剑的石髓插在悬崖上，金黄的针叶松围住了剑身。置身剑柄峰，宛如置身古战场，形状各异的岩石像无数穿着铠甲的士兵，有的仰躺着，睁着不闭的双眼怒问苍天；有的端坐着，静等一场大战来临；有的相互依靠着，趁战事停歇的间隙抓紧休息。太阳消隐在石剑背后的山谷里，松涛阵阵，似有千军万马的呼啸声从谷底而来，剑戟碰撞铿锵有力。我问苍天，是怎样的大手握过这宝剑？剑柄峰无言，长岩山无语。天际云飘逸，尘埃埋住过往。诗句鲜活有力，穿越时空向我走来：

> 常怀感激心，愿效纵横谟。
> 倚剑欲谁语，关河空郁纡。

依依难舍告别剑柄峰，我们在长岩山的脊梁上继续前行。森林和灌木挡道，没有路的地方，只要人有勇气前行，脚底自然就有了路。

岩石又以另一种怪异的形状迎接我们，一只"雕"圆睁着眼高昂着头，立在崇山峻岭上傲视群峰，鹰翼振翅欲冲入云霄。离雕王峰不远，有一只巨大的"猪"在悬崖上悠然散步。不知谁在石猪脚下抖动水袖，峰峦波涌。石猪周边，树树红叶灿然。

与雕王峰遥相呼应的悬崖峭壁，造型酷似立着一位波斯人，"波斯人"帽子上长着矮小的红叶树，就像插着孔雀翎。"波斯人"腰杆下站立一个似人似兽的"巨人"，驮着整座山。山的平缓处，石头以其特有的形状组合成了一幅有趣的画：慈眉善目的"老奶奶"仰头睡着了，蓝天白云轻摇着她的睡梦，一群"小动物"安静地卧在"老奶奶"的身边，一个可爱的"孩子"调皮地从"老奶奶"的围裙下探出头来。

向着长岩山上的第一高峰攀行，我们看到了猴王峰和遥远的公鸡岭。山谷好似一条地龙，天空变得更加高远，森林不因山高而憔悴，越发显出其无穷魅力来。山连绵，没有尽头。捧着一缕阳光，放任心思在山怀里畅游。

原始森林里的竹子坚硬柔软，年大哥在前头带路，阿堂在后头，我在中间，我们拉着竹子，步履艰难地走在巉岩上。三人相互提醒，不时避开横档的树枝，小心翼翼接近长岩山石月亮。

石月亮是一个穿山而过的石洞。洞壁上零星的青苔包裹着一株小松树，松针碧绿。与其说它是树，不如说它是松枝，就像谁从松树上折了一小枝顺手插在洞壁上一样。年大哥介绍说，这株小松树一年四季不改其貌。这恐怕是世界上最小的松树，却是世界上生命最顽强的松树，完全可以载入吉尼斯世界纪录里！坐在石月亮洞门口，山风从耳边过，我没有急于观赏石洞外的景，细细打量洞壁上的小松树，说不清的感动融在山里山外。

扶着洞壁，我透过石月亮向外望，峰峦交错，山谷纵横，鸟瞰群峰的自豪弥漫身心。我没有驾驭群山的野心，但连绵起伏的群山让我滋生骄傲：彩云南山河壮美！

横看竖看，我看不出石洞形状像月亮，倒像一片叶子立在眼前，叶柄向着地心。通向地心的路，就是石月亮下的山岩上那条深不见底的裂缝。从石叶子望出去，满目秋色关不住，令人慨叹：一叶知秋！

一叶知秋

为何把石叶子取名石月亮？据年大哥介绍说，从弥勒坝遥望长岩山这个石洞，就像一轮满月高悬，彝族人便称之为石月亮。同样的景色在不同人眼里及在不同角度欣赏，就会有不同的形状和内容，彝人在弥勒坝遥看到的石月亮，我在长岩山近看变成了石叶子！

望着眼前真切的石叶子，想起石月亮一说，我突然想起了富和山彝族民谣：

> 来时不等三月三，
> 去时不等九月九。

斜阳落入山背后，年大哥忧心忡忡催促我们动身上路，说必须在天黑前赶到弥勒坝，夜走森林遇到老熊会危险。我读长岩山的心意犹未尽，遥望猴王峰和公鸡岭，目光恋恋不舍，自我安慰地想，留一点遗憾也好，我将有再次赴约长岩山的理由。

匆匆赶路，回归的路不再是来时的路。

夜走森林

说不清这一天走了多少山路,从弥勒坝到西山牦牛基地再到期井,人在富和山水间,心在秋天写意里,脚下的路无论怎么艰难怎么遥远,信念里快乐,求索里期冀,寻踪里感慨,辛劳里收获,这就是我的盐马古道之旅心迹写照。

站在期井河永安桥前,夕照、晚霞、村庄、古桥,山水任我走笔;炊烟、马帮、流水、山歌,如同五线谱上的蝌蚪任我谱写。

期井,古盐镇啦井的另一个产盐地,开课报井的时间远远早于喇鸡鸣井。脚步匆匆经过期井村,惊鸿一瞥难以在心头拂去期井人盛情。走过清代杨玉科将军修建的石拱桥,拴马桩旁触摸历史喘息,走出期井村,我情不自禁频频回望。

暮色沉沉,期井村民委员会书记杨益花与村民和玉花送我们,送了一程又一程。月亮升起来了,月光朦胧,期井河流淌着我们的夜话。

山居景致

杨益花与和玉花陪同我们走了一个多小时的路程，在我们即将走向四十里箐河森林时才依依不舍地告别。

月光如水，山路曲里拐弯，沿着箐底的溪水延伸入森林的暗影里，响水声让森林夜色寂静无垠。我揿亮电筒，对阿堂的细心周到暗暗感激，我们离开期井时，阿堂在小卖部里买了三支电筒，一出期井村就发给年大哥和我一人一只。

年大哥在前带路，阿堂殿后，我在中间，三人打着手电筒逆着四十里箐河水一路向前，走不多远，但见不远处熊熊火光，一对母女在路边燃起篝火，接应并等待从啦井回期井的亲人。富和山的秋夜有点冷，火光让我感到格外温暖，我自然想起在木板房里听来的故事，盐马古道上一堆火的温暖和召唤，马锅头和背夫用山歌谱写爱恋，亲情在火光里温馨，爱情在火光里甜蜜，友情在火光里醇厚。

黑暗在树木间窜来窜去，心虚地躲避手电筒射出的光。前方响起咳嗽声和脚步声，夜里摸黑走路的归家人与我们不期而遇，我们将他们的亲人在前方燃起篝火等待的实情相告，夜归人疲累的脚步变得轻捷了起来。

秋夜的森林，寂静得越发让人感到冷。一路上，年大哥给我们讲期井白族马锅头的故事，讲富和山彝族人在盐马古道上的历史、哨卡上彝族哨兵的风雨历程、著名头人钟老大的彝族披毡兵神勇的故事、近代彝族商人陆金提将富和山药材生意做响滇西……

我们不知不觉走到小石桥，我不由想起了杨玉科将军修建小石桥的历史，想起了五一长假时在赵荫孙医生的陪同下寻访小石桥，在彝族人家烧吃洋芋以及彝族人烙三层苦荞粑粑盛情招待的情景。

当年，月白风清的夜里，从啦井来的马帮举着火把走向期井，再到大理、保山等地，担心对头马帮来了不好让路，不时敲响手里提着的锣。山上的土匪听到敲锣声，白日里故意避开，晚上思量抢劫。野兽听到敲锣声，徘徊在古道附近的森林里。村寨里的孩子和盲人听到敲锣声，赶紧避路让道。

过了小石桥,我们与四十里箐河分手,走上通往弥勒坝的路。冷杉高耸入天,森林的夜色变得鬼魅。我担心地问,遇到老熊怎么办?年大哥呵呵笑了起来,说有富和山上的老猎人在此,你们怕什么?看着走在前头手无寸铁的富和山老猎人,我无来由地紧张,不由招呼落在身后喘息的阿堂,停下脚步等他,不料年大哥指着前方黑影说,那蓬灌木下有一个老熊洞,要不要去看一下?我"啊"地叫出声,险些跌坐在地。年大哥赶忙安慰说,别紧张,老熊只会在山上活动,不会到这条路上的,因为这条路常有人走动。

冷杉林尽头是雾湖垭口,手电筒光柱晃动,我们的心不由一热。月光下,一大一小两个剪影显目,剪影头顶上空的一颗星星明亮耀眼,啦井镇政府计生办主任杨刚将吉普车开到雾湖边,与年大哥的小儿子年双豪到雾湖垭口接我们来了。

从雾湖垭口到弥勒坝村,大约有七公里。秋夜,杨刚和年双豪在雾湖边等了我们三个多小时!

雾湖垭口

富和山之晨

捡芸豆包

  启明星指引前进方向，黎明前的黑暗里，富和山高山草甸响着我们奔跑的脚步声，我想赶到山巅看富和山日出，抓拍太阳穿过薄雾照在红叶上的照片。时令是进入立冬前夕，尽管我们跑出了一身热汗，双耳却被冻得冷冰冰地痛。挎着相机，我习惯性地将机身托在手里，潜意识里担心相机被颠坏了，手冻得麻木生痛，我只好放慢脚步，搓搓手，将手放入衣兜里暖暖。

　　天被犁开了一条缝，晨曦初露，草地上铺着一层厚厚的白霜。森林揉着惺忪睡眼，抖开雾纱拭目。木板房里响着鼾声和咳嗽声，早起的彝族女人扒开昨夜埋下的火种，炊烟渐渐地从木板房上升起。回头望去，碧罗雪山宛如屏风竖在眼前，屏风上的情景宛如镶嵌着一块魔镜，随着晨曦的脚步幻化色彩，真实地将富和初升太阳的情景照射。

　　红霞染红一方天，山如剪影，经过丰收店的盐马古道如银蛇在山峰上蜿蜒穿行，从玉龙厂延伸的银马路好像山峰的腰饰，与盐马古道汇合在两架山的交汇处。早起探望野放牛羊的彝族汉子，袖着手从我们身旁经过，话未说完，脚步已在一丈之外。

　　霞娇艳但不媚俗，伸开柔指弹奏晨之曲，峰峦如海浪起舞，阳刚与柔美在天地间自然展露，一种说不出来的美四散开来，酽酽藏在我的记忆里。我忘了前行目标，忘了要与时光赛跑才能抓拍到的美景。胭脂般的红漫溢到脸上，我满心喜悦，被眼前的景色震撼。渐渐地，红光消退，浓缩在山尖成一束，云雾淡了，好像被人随意地在天空洒落舞动的彩带。天大亮了起来，红彩带不知掉落何方，太阳调皮地给了大山一吻，大山的红晕从额头蔓延到脖颈。山的红晕跟先前天空的胭脂红不一样，山的红晕是红里泛金，给人催生希望。

　　雾缠绕在山的脖颈上，太阳光暖暖地照在上面，雾像少女的脸一样白里泛红。天蓝得让人心醉，照在山峰上的阳光紫红，白纱红雾悠扬舞蹈，起手抬足间，紫红溅落在低处的峰峦上，点点滴滴越来越浓。太阳笑着，将手中的魔术棒指向山谷，光线变得开朗了起来，天地万物沐浴在阳光里。

　　彝族人家住在坡地上，三五家毗邻而居，但大多独家独院。木板房前用木板、柴块和竹子编成篱笆墙，墙外草地上，马悠然吃草。

　　我们爬上山顶，但却发现自己没有到达最高的山峰上，山没有尽头。环顾秋叶霜染的连绵山峰，抬头望向没有尽头的高山，俯首零散在山林间的彝族村居，心灵滋生了与山对弈的浪漫。风当裁判，蓝天当棋盘，白

云和枫叶是棋子,与神灵笑谈古今事,谱写天地万物和谐共居的篇章。

阳光从碧罗雪山滑落,拥抱丰收店,经山谷上高岗,照在富和后山彝族人家的房屋上。我们从铺满霜的药材基地往下走,迎着渐渐照到药材基地的阳光,走向一栋用瓦片盖顶的木板房,采访养蜂大户。

晨光暖,冬眠的蜂儿醒了,"嗡嗡"飞舞在蜂房周围。蜂房隐蔽在草丛和矮脚杜鹃间,蜂主人的笑容在晨光里灿烂。

打芸豆

"嘭,嘭,嘭",山谷里回荡着打芸豆的清脆响声,富和后山,让我邂逅了晨的另一种景致。一位彝族大妈怀抱小孩,坐在一堆芸豆旁捡芸豆包。孩子和大妈眼神安静,芸豆堆下露出红蓝相间的塑料布,大妈身边倒着一个大背箩,不远处,彝族汉子整理插芸豆的竹竿。山峦远近高低各不同,浓妆淡抹地成了坡地上芸豆地的背景。

扒开遮挡在眼前的芸豆包,我看到了一位年轻小伙子正在打芸豆。黄蓝相间的篷布上立着一个木马,木马斜搭着一块木板,小伙子将栽在地里的芸豆连竹竿拔起，把芸豆藤捋到竹竿上方，抡起竹竿打在木板上，芸豆包和芸豆叶子纷纷落在篷布上。芸豆藤上的芸豆包打净了，小伙子就将竹竿放在一边。

整理竹竿的汉子是大妈的大儿子，大妈怀里的小孩是大儿子的孩子，打芸豆的小伙子是大妈的小儿子。小儿子打好芸豆，大儿子就会把竹竿抱到一边整理，把竹竿理好后整齐地码在地里一块大石上，尔后盖上塑料布，以便来年栽芸豆用。

无论是海拔3300多米的富和山，还是海拔一千九百多米的玉龙河谷，都能见到芸豆的影子，芸豆是啦井的龙头经济作物。彝人笑着告诉我，今年芸豆又丰收了，芸豆价格也比往年上升，花芸豆他们卖到每斤2元3角至2元6角，白芸豆每斤可以卖2元5角至3元不等。芸豆从地里打了回来，他们不必背到集市上卖，自然有人上门来收购。"我们的芸豆，到了马来西亚、新加坡、日本和美国等地哩！"他们自豪地告诉我。

我国古典医籍记载，芸豆有温和中气、利肠胃、止呃逆、益肾补气等功用，芸豆富含蛋白质、钙、铁、维生素等，是一种高钾、高镁、低钠食品。啦井芸豆保守统计大约15000亩，每亩产量150公斤，光芸豆这项纯收入每人可达40元至50元。桃树村民委员会和挂登村民委员会，芸豆户收入最低的2000多元，最高的近2万多元。

云南是中国芸豆的重要基地之一，芸豆的最大市场在欧洲，由云南进出口公司销往境外。啦井种植芸豆有一个得天独厚的条件，那就是啦井有天然的毛竹林，竹竿今年砍了明年长，取之不尽用之不竭，种植芸豆需要竹竿有源源不断的材料供应地。别的地州因种植芸豆需要的竹竿枯竭面临生态破坏的棘手问题，啦井却因为气候特点和地利，拥有天然的毛竹供应基地，这成了啦井在芸豆市场上竞争的有力优势……

"嘭，嘭，嘭"，打芸豆的声音清脆悦耳，孩子手里抓了芸豆包玩，捡芸豆的大妈嘴角露出舒心的微笑。阳光灿烂地照在富和山上，我们走上森林里盐马古道，一种暖暖的感觉让我回首远处的芸豆地。

盐马古道情歌

　　大寒过后第二天晚上,我与啦井政府工作人员阿堂再次来到富和山玉龙厂。暮色沉沉,在富和山原始森林里穿行,我心里泛起了践约的激动和快乐,就在秋天,当摩托车队穿过秋色浓郁的富和山原始森林时,风从耳边过,看着隐现在森林里的玉龙厂,我想冬天再来。

　　我和玉龙厂有个约会,就在火塘边烧的洋芋里,就在竹结搅拌的酥油茶里,就在苦荞粑粑的清香里,就在浓雾中飘荡的山歌里……

玉龙厂

冬夜，与彝家人围坐在火塘边叙话，熊熊火光驱散寒冷，木板房流溢温馨。老阿爸古铜色的脸上，纵横密布的皱纹盛满岁月沧桑。时光在记忆中倒流，老阿妈表情惊诧，相濡以沫的老伴何以有那么多坎坷的经历？孩子们聚精会神倾听，眼眸荡漾今昔对比的感触。

民兵队伍里，一位14岁的孩子显眼，他背着枪支行走在大山里，跟随大部队打了几场仗，稚气的脸上写满与年龄不相称的成熟……随着老阿爹的讲述，我们步随着他的脚印走进滇西往事。1949年，党组织领导下的维西武装暴动取得胜利，成立了维西县政府，第二年中旬（今香格里拉）和平解放，成立了县人民政府，随着德钦宣布和平解放，1951年4月建立县一级的德钦藏族自治地区，1952年改称德钦县。老阿爹在14岁至16岁的成长经历，见证了迪庆藏族自治州的这段历史，为美丽的香格里拉的和平解放做出了贡献。

老阿爹淡定安详的神态让我感动。我几次深入古镇盐乡啦井，沿着从啦井辐射出去的盐马古道采风，总在不经意里，碰上参加过滇西抗战、滇西解放战争、西藏叛乱支前的老兵、马锅头，他们给我讲述经历时神态淡定，皱纹刻写岁月沧桑，一脸安详无争。朴实的滇西人民啊，他们的情感炽烈纯净！

清乾隆年间，玉龙厂开办过银厂，原名"裕隆厂"，意为富裕兴隆，渐渐地被书写成"玉龙厂"，竟成了地名。

圆月高悬的玉龙厂之夜，我手心里握着彝家阿妹纯真的笑容，恬静酣梦。冬天放轻脚步，从我的甜梦悄然经过。第二天早上，天空飘起了雪，老天似乎理解我们的行程，不一会儿雪就止住了，太阳有时穿透云层露出笑脸，有时躲在云深处玩捉迷藏。由马社长带路，我们去探访玉龙厂炼银炉遗址。

玉龙厂不仅是兰坪县啦井镇盐马古道的一个路口，也是银马古道的发祥地。走在山岭小道上，马儿扬蹄追跑，赶着马匹的汉子不时和我们相遇。

遥想当年，啦井、期井以及大理乔后的盐通过马帮、背夫，经过

毕摩念经

玉龙厂到迪庆州的中甸以及保山市等地，马帮从玉龙厂到中甸需要 8 天至 9 天，背夫需要 11 天至 12 天。也有的把盐巴运到玉龙厂，再由别的马帮从玉龙厂把盐巴运到中甸等地。盐巴在啦井每斤 1 毫 5 至 2 毫，到中甸就变成 5 毫一斤。碰到马帮来得多，啦井盐吃紧，每斤盐巴在啦井就会涨到 3 毫至 3 毫 5。如果马帮的马匹有 20 匹左右，从啦井驮盐巴到中甸，来回一趟赚 50 元至 100 元钱。如果马帮只有 4 匹至 5 匹马，从啦井驮盐巴到中甸，来回一趟亏本。从啦井背 200 斤左右的盐巴到中甸，可以赚 5 元钱。

来到富和山，我听到了一个心酸的故事。很久以前，居住在富和山的彝族人，杀一头过年猪只能用两三斤盐腌腊肉。他们平时吃不起盐，四五天后尝一点盐味，就割一小坨腊肉，把腊肉上的灰吹一下或者轻轻刮一下后就直接煮入锅里，谁也舍不得用水洗腊肉，唯恐用水洗腊肉时把盐巴洗掉。

盐马古道和银马古道交汇的玉龙厂，自然成了一个比较热闹的集市。担担客褡裢里装着一小坨盐和用来当砝码的石头，手里提着一杆秤，用盐换羊皮、土鸡甚至布匹等，一旦有人借盐，就从褡裢里拿出一坨盐巴，从盐巴上刮下来一点盐，刮多大的盐巴，借期到时还多大的盐，就用石头砝码记载。

至于玉龙厂炼银子，也有传说，这个传说跟清代抗法民族英雄杨玉科将军有关。杨将军在兰坪县的故事，各民族的版本很多，他在老百姓心目中是一位神人。相传杨玉科落难时曾经睡在富和山的一个岩洞里，有一位彝族老妈妈供给他吃的，作为交换条件，杨玉科给老妈妈放羊。有一天，杨玉科不见了，原来他到玉龙厂开发银矿了。杨玉科在玉龙厂开办银矿的传说没有史书可考，但在彝族人家的口口相传里活灵活现。

有关玉龙厂炼银子，还有一个传说。一位七十岁的老奶奶到玉龙厂挖银矿处要饭，挖矿人可怜她，给她饭吃。有了饭吃，老奶奶索性不走了，住在挖矿人遗弃的一间木板房里，就这样，挖矿人供养老奶奶一年，终于挖到了银矿。挖出银矿后，挖矿人对老奶奶不耐烦了起来，不再供给她饭，撵她走。老奶奶离开玉龙厂后，挖矿人怎么挖也挖不到银矿了，不仅挖不到银矿，还发生矿难事故死了人，如此三年也不见银矿影子，挖矿人只好伤心地离开玉龙厂。彝族人说，他们的祖先搬迁到玉龙厂居住，开荒种地时挖出不少白骨。

废弃的炼银炉

冬天的玉龙厂，山是绿色的，但进入森林里，树光秃秃的，零星挂着枯叶。小溪清澈见底，涓涓流淌，木头搭建的简易桥在冬日清冷里无语。我们在一个废弃的矿洞前停留，看着洞口堵塞的石头，马社长惊诧万分地说："咦，好久不来这里，洞口怎么突然长出一块石头来了？"

我和阿堂闻听此言不禁笑了起来，马社长也笑了起来，随即一本正经地说："山洞里的石头是会长大的。"

我们没有反驳马社长。阿堂下到洞口，挨着石头缝隙往洞里望去。我问他看到了什么？他说洞很深，里面黑魆魆的，什么也看不清。

树枝覆盖的炼银炉由小石头搭盖成，尽管塌掉了一部分，但可以看出，炼银炉有两层，炉门完好如初。炼银炉上面的台地里，有一小堆银矿渣，离银矿渣不远，有一间木板盖的公棚，这是放牧人住的。

太阳从云层里露出笑脸，我们坐在金黄色的草地上休息，看着脚下沉寂的炼银炉无语。青山起伏，小溪汇聚的河水从黛青的山腹深处而来，经过炼银炉，放轻了脚步，静静地向前流去。

在灌木裸枝簇拥及金黄色的草映衬下，冷杉越发显得伟岸。徜徉河畔，我不由想入非非，山花烂漫时，谁从古道上经过，踏上河上横搭的木头桥，山歌为谁唱响：

爱你才走这条路，
爱你才到这地步，
不死跟你一起走，
死了跟你同棺材。
一个棺材装不下，
两个棺材一对门。
死也死在花树下，
埋要埋在花树根。
死在花下也值得，
埋在花中留个名。
……

富和山感怀

从玉龙厂炼银炉遗址回来，森林里响着一种让人心惊肉跳的声音，那就是电锯的声音。冬天的富和山，尽管满目苍翠，但电锯声让赏景的心沉重，有些地段树木稀疏，零星的树下码满一堆堆的柴，心灵漫过疼痛。

忽阴忽晴，天空没有耐心玩游戏了，于是突然间沉下脸，一时刮起了大风，雪粒随风飘舞。正在喝茶的阿堂说声"不好"，放下茶缸就动手收拾行李，告诉我说，必须马上走，无论多晚也要赶到后山陆书记家，不然会被大雪困在玉龙厂。阿堂是啦井镇政府挂钩富和村民委员会的工作人员，对富和山的气候了如指掌。看到阿堂一脸凝重的表情，我也紧张了起来，快速收拾行李。

告别热情好客的马社长夫妇，我们走出小村寨，往森林公路走去。"呜呜"，风在耳边嘶叫，树木喝醉酒般东倒西歪，发出"吱嘎吱嘎"的响声。有时大风从背后推我们走，我不由跌跌撞撞小跑着上山，有时大风从侧面来，让我立脚不稳，几次险些跌倒在地。森林里响着怪啸，雪粒飞扑到脸上，我心里掠过阵阵惊怕和担忧。穿行在森林里，我不得不眼观八路，快速从大树底下通过，生命的爱惜以及听天由命的复杂心情难以言说。

走在公路上，风的怪啸声被森林阻挡在一丈开外，森林里滚动着低沉的声音，我们只需留意公路上方的树，不必再担心另几个方向的树突然断了砸人，心里不由相对轻松起来。雪下得大了起来，我回头望玉

盐马古道

龙厂，小村寨迷蒙，玉龙厂通向营盘镇松柏村的盐马古道隐没在风雪中，我无法想象彝人讲述的大雪天气里，当年到各个村庄偷盗的贼，挥鞭策马到古道边的山洼里分赃时，大树轰然倒下，飞舞的雪花惊跑贼人的马，在贼人心头滚过了老天发怒的警告，从此金盆洗手，不再惊扰一方百姓。

雪落森林

玉龙厂村口，盐马古道上有一个哨房，当年的过往马帮要交过哨卡的钱，彝族人护送马帮安全通过所管辖的地段。平时，哨房里只有老人守着，村里的人分散干活去了。有一次，一位老妈妈在哨房守卡，一队四十多匹马的马帮通过，走在前头的年轻马锅头怎么也不肯交过哨卡费，老妈妈追着年轻马锅头叫道："侄儿子，哨房钱开出来，哨房钱开出来。"

年轻马锅头弯腰从地上捡起一个石头，对老妈妈威胁道："你一个死老妈子，能挨得起几下！你要我交哨房钱，你能保我一路平安到达维西吗?"

老妈妈紧跑几步到山坡上"呜呜"地叫了起来,一时间,从各个地方冒出了七八十号彝族人,骑着马拿着枪赶了过来,把马帮团团围住,十多个马锅头吓得告饶不止……

盐马古道上发生的故事,拌着森林喧嚷在我的心头滚过,这样的风雪天气,无法想象背夫和马帮的行程,思古的心使得脚步格外沉重。

半道上,我们遇到一个赶着三匹马的人,他的马上驮着寿木板。阿堂上前盘问,这人说他来自营盘镇武邻邑,有正规的批文手续……听着两人的对话,电锯声在我的耳畔又响了起来。

驮运寿木板

风小了起来,雪越发下得大了,我们来到富和村民委员会所在地草坝子时,森林里积了一层厚雪。正是放寒假期间,富和完小校园里静悄悄的。秋色迷人时,我和阿堂从这里出发到弥勒坝,完小的老师用摩托车送我们穿越原始森林,想起当时的情景,心里涌起一股暖流。

我们不敢停留,马不停蹄往住在后山的富和村民委员会书记、主任陆志深家里赶去。从富和完小校舍门前经过,耳边挥之不去的电锯声

没有了。

　　天黑时我们终于到达陆志深的家里。一夜大雪下个不停，第二天早起，院子里积了厚厚的雪。雪倾盆而下，后山笼罩在白茫茫的世界里。

　　冒雪往丰收店走去，我们遇到了一个伐木盖房子的富和村人，此人没有任何审批手续，也没有征得村委会的同意。陆志深严厉批评伐木人，阿堂也对伐木人申明啦井镇政府对富和山森林的保护政策。

　　探访了仙人洞后，我们返回陆志深家，途经仙人洞下方的树林，看到拦腰伐倒的树木，心在滴血。陆志深摸着新的树桩，脸色严峻，眼里闪过痛苦。横穿树林，满目疮痍的景象让我感到窒息。

　　同行的护林员小钟说起了伐木人与他们打游击的情景，说起了与伐木人的冲突。一次，林业局的干部来到富和山，现场抓获了偷伐人。处理过程中，偷伐木的人中，有人悄悄抓起一块石头往林业干部头上打去，手疾眼快的小钟死死抓住行凶人的手腕，才没有流血事件发生。

　　应该说，啦井镇政府对富和山的开发是下了大力的，对富和山森林的保护宣传及将来旅游兴旺前景阐述遍及村寨，村委会也是三令五申，但富和山偷伐树木却屡禁不止。周边地区群众烤火做饭要砍柴，盖房子要砍树，就连围地也需要木头，加之富和山周边群众生活不富裕，老百姓偷砍树木，卖柴火缓解生活困难，造成了富和森林令人担忧的现状。

　　我对陆志深说，彝族人最忌讳的婚姻习俗已经改了，老祖宗砍树开荒种地的陋习也改了，能否把春节前砍一棵大树过节祭祖的习俗改了呢？他没有回答，估计很难。爱护家园从自身做起，只有居住在富和山的群众意识到位了，人人发自内心爱护富和山的一草一木，才能阻挡住外来个别群众偷伐树木的行为。

　　一种牵挂深深留驻心底，一种忧虑让我的笔发出疾呼。

　　回到六库，看到怒江报上有一篇新闻稿，全州已稳步推进林权制度改革，要实现"山定权、树定根、人定心"，让群众成为山林的真正主人……想到富和山，我不由欣慰了起来。

途经观音桥

　　雪纷纷扬扬地下，树披着雪花，冰雕般立在一片银白里。从后山到丰收店，我们穿过森林时雪下小了些，森林里的雪相对浅些，没有埋过小腿肚。踩在雪地上，脚底响起了"叽咯叽咯"声，树枝冷不丁抖落了压在枝头的雪，雪花斜飞到脸上，用手拂去眉毛上的雪粒，一行四人紧跟着，小心翼翼地唯恐滑倒。

　　走上森林里的简易公路，不由松了口气。雾朦胧了前方，雪在大树下无言。我穿着一双布鞋，一路从雪地里走来，此时布鞋湿透了，一直湿透了穿着的两双厚袜子，冷！我把摄影包横挂在脖子上，将手藏在羽绒服衣兜里，手指还是冷得发麻。难以控制森林雪景诱惑，我落在了同伴们身后，搓搓手，把毛巾裹在相机的机身上遮挡雪粒，贪婪地抢拍。

　　不知不觉走到了观音桥，雪停了。天然的青石板铺就了一段通向丰收店的路，山脊上的石板路宽可容一队马帮通过。石板路与大山嵌合成一体，好像就从大山里长出来似的。路边突出一块石头，看其造型和石上的纹理，像极了石磨，两扇石瓣错开了一些，就像正在推着磨一般。推磨的手柄断了，断口的痕迹明显。

　　石磨下的松树，树干横生托举雪。雾从箐底升起，穿行在森林里，目光所及，景色一半清晰一半模糊。回头看看来路，雪覆盖着的山峦白里泛绿，公路如猪肝色的线，忽隐忽现山峰的半腰。雾渐渐涌了过来，从远处，从谷口。山林里静静的，我似乎感受到了雾前行的喘息。

盐马古道

仙人搭桥

相传，观音老母从西天来到富和，途经一碗水到丰收店时，看到人们穿山越岭行路难，于是想从营盘的武邻邑架石板桥到丽江的木天王府。观音造桥从中段开始，每当静夜，这里就响起了"哐当哐当"的敲石声。

观音桥对面竹林里，有一间木屋，住着一位篾匠，独自在木屋里编篾簸箕、背箩等，每当夜晚，篾匠听到对面山岩上"哐当哐当"敲打石头的声音，心里非常害怕，于是编了一个大簸箕，把大簸箕反盖在地上，每当对面敲打石头的声音响起，篾匠用手在簸箕上面拍打，发出像公鸡翅膀扑打一样的声音，篾匠边打簸箕边捏着鼻子学鸡叫。桥只铺了 50 米左右，鸡叫声让观音认为此桥不能修，于是离开人间回了天庭，临走时留下一盘石磨给凡人。

从啦井辐射出去的众多盐马路，其中有一条是这样走的，啦井到富和山的阿莫洛陀，经过一碗水，过观音桥，到丰收店起，一条路从仙人洞上方经过到营盘，过澜沧江走碧罗雪山的鸟道，或者沿着澜沧江走，经保山云龙再到腾冲城或过怒江到缅甸；另一条路从丰收店走向内地，到丽江与茶马古道汇合。

走在石板路上，脑海里想象传说中的观音造桥情景，观音造桥的终点是丽江的木天王府，这不由让我想起了兰坪的盐业史。早在元代以前，兰坪各族人民就在盐卤水溢出的地方淘井取卤煎盐，明代也有文字记载兰坪盐井情况，兰坪盐井由丽江木土司府管，直到清道光年间开办的喇鸡鸣井也原隶属丽江井之子井，啦井因为盐产量到同治十三年（1874年）变子井为母井。盐马古道充满了艰辛，我想观音造桥的传说，反映了盐马古道上人们的美好向往，想借助神力实现路途通坦且近便的愿望，但这毕竟是愿望，于是就有了篾匠的胆小干扰和阻挡仙人造桥的遗憾……

雾从山谷里蔓延了上来，撵着我们的脚步，将我们拥在怀里。我胡思乱想间，丰收店突然出现在眼眸。

雪又下了起来，漫天飞舞。

盐马古道

闲话丰收店

　　朝阳初升,站在富和后山极目远眺,阳光照在碧罗雪山上,红雾从碧罗雪山上蔓延而下,山怀里的丰收店笼罩在一片红色里。

　　丰收店是富和村民委员会老村公所地址,盐马、银马古道穿村而过,一路弯曲裸露在山巅上,经过仙人洞所处的山峰往营盘镇而去。山背着山,连绵高远,村庄在山的险峻里显得柔美,古道人家,道不尽彝人的深情。

丰收店

点笔成水的传说，从红豆杉林一步一步铺陈到丰收店，龙王太子在半路上给凡人一碗水的情谊，到丰收店时画了惜别的句号。碧罗雪山立在丰收店后，凡人家里升起炊烟，袅娜上升，召唤飞升碧罗雪山上的龙王太子重回丰收店畅叙同窗情谊。彝家毕摩念经声声，流连凡人心愿，祈祷祝福掌管碧罗雪山九十九潭的龙王太子安康快乐。

"像雄鹰一样高飞，我俩的影子在一起；像山茶一样盛开，我俩的情意在一起；像蜜蜂一样勤劳，我俩的甜蜜在一起。""叮咚叮咚"，盐马古道上马铃铛声声，马锅头唱响了情歌。背夫脚步匆匆，经过丰收店时，把背子停在坎子上，就着山泉水吃苦荞粑粑。吃饱喝足，背夫背着盐避开哨卡隐入森林，背子再重也难以赶上心头的焦急重，天黑前要走出森林到营盘，不然自己会成为野兽口中美食。到了营盘避开官马道渡口，在缉私队没把守处溜索飞渡澜沧江，走碧罗雪山那让人谈之色变的鸟道。

日月同辉的夏日，我路经富和后山，面对碧罗雪山雪线，利用相机镜头把远处的丰收店拉到眼前静静欣赏；枫叶红透的秋日，追赶初升的朝阳，拥着后山朦胧的雾迎接从碧罗雪山晨晖里飞来的鸽子，我设想丰收店飞鸽传书的浪漫；雪花飞舞的冬日，摇落雾凇雪被，我的脚印深深浅浅刻写丰收店的夜晚，马儿打着响鼻放飞寻踪盐马古道的梦想。

闲话丰收店，难以忘记冬日夜宿丰收店，大雪纷飞的夜晚，心头弥漫的温馨。

水壶"噗噗"作响，火塘里的火苗旺旺，木板房飘荡烧洋芋和煮鸡肉的香味。屋外大雪纷飞，野放的羊群回了家，女主人拿盐巴慰劳羊群。

67 岁的邱新全老人，坐在我们对面，平静地说起了自己在盐马古道上的背夫历史。生活困难逼得邱新全 7 岁就到啦井背盐巴了。从啦井背着盐巴到澜沧江边的营盘，翻越碧罗雪山到原碧江县知子罗，走碧罗雪山上那条著名的鸟道，来回各需要两天。鸟道险象环生，行走其上，生命不是自己的，全由老天掌管。每次走鸟道安全回到丰收

盐马古道

店，邱新全都有侥幸的感觉。

怒江州刚解放时，国家组织人马把粮食、盐巴从啦井经过丰收店运送到营盘，从沧东桥上过澜沧江，翻越碧罗雪山再到知子罗，背夫自己带着干

盐马古道穿行崇山峻岭

粮，国家在碧罗雪山上的救命房里准备了红糖，红糖水成了背夫们行走鸟道的救命水。

灯光橘黄，男主人钟志清满心欢喜地给我们说起了他家的牲畜和芸豆收入，女主人忙着打扮女儿，钟志清的弟媳换上漂亮的彝族服装微笑着让我拍照，弟媳那两岁的小女儿戴着彝族艳丽的头饰，抢妈妈的镜头。

邱新全老人在火塘边给我们摆古，丰收店附近观音桥和仙人洞的传说，清代抗法民族英雄杨玉科在丰收店附近埋藏金银的传说，彝族著名头人钟老大率领彝族披毡兵，支援通兰人民自卫大队（当地老百姓习惯叫王北光的队伍）围歼"共革盟"的江尾塘战役，钟老大在富和山上办义学的创举……

钟志清是钟老大的大孙子，他零星地给我们讲了记忆中的爷爷的一些故事。

后半夜，雪下得更大了，老天似乎将面口袋打开了，对着大地尽情倾洒白面。我仰头迎雪，雪落在脸上、脖颈里，冷冷的，痒痒的。

探访仙人洞

晨起，丰收店一片银装素裹，雪还在纷纷扬扬地下，说不清是雾大还是雪大的缘故，三步以外看不见人。匆匆吃过早饭，简单地准备了三把点火用的松脂火把，我们冒雪向仙人洞走去。

啦井是燕子的故乡，无论是箐谷还是高山，都与燕子洞邂逅，飞翔蓝天的燕子，让人难忘羽翼轻剪白云的敏捷和悠然。富和后山的仙人洞，也被称为燕子洞，这里是燕子的乐园。

秋天，我曾在富和的后山上，对着山崖上的仙人洞抓拍，把相机当望远镜用，细细观察悬在山岩的洞口。洞口怪石嶙峋，两边野草茂盛，绿树薄染秋衣。岩洞有两层，如果加上峰顶的盐马古道和峰底的麻地箐河，共有四层！

从后山看到托举在山峦上的盐马古道，而今俯卧在碧罗雪山脚下，我没有走在山峦上的感觉，自己在碧罗雪山脚下行走，渺小如蚁。走了一段路，我们拉着灌木树枝抓住草往山崖下走去。走到半山腰，雪停了，零星的雨落下来。我们贴着崖壁，沿着山腰横生的一条若有若无的小路走，终于来到了仙人洞上层岩洞的洞口，山崖下的麻地箐河响声很大，透过树缝望去，但闻河声不见河影。

入洞口就像有人从石腹上凿出来般，猫腰前走大约两百米，洞直往下拐，山石倒悬头顶如碑石，我们蹲下身，几乎匍匐着侧身进去，眼前豁然开朗，一个可容万人的大洞出现在眼前，溶石如钟摆，在高处滴答有声。大洞中间溶石天然有形，任人描绘和命名，有零星的土石掉落的痕迹。大洞前分岔路很多，旁边有一个无底洞，直往地底钻去，深不可测，掉入其中就休想生还。

仙人洞入洞口

　　由大洞尽头往左拐，从石缝下一步一步蹲坐着挪进去，洞斜直向上，人可直立行走，我们相继跟着手脚并用往上攀去，走了大约500米，就到了另一个洞，这个洞里可容纳五六千人。这是一个钟乳石洞，钟乳形态各异，有的像龙在腾舞，有的像森林举起无数手臂，也有的像神仙、动物、睡莲、簸箕等。可惜照明条件有限，不能细细欣赏且看得清晰。黑魆魆的洞里，三脚架成了废品，我只能凭感觉摁快门抓拍，心想照片糊了也好留下一点资料。闪光灯照亮的地方，钟乳石在眼眸里瞬间的清晰美得让人窒息。

　　原本在仙人洞附近砍竹子当火把，可雨雪不止，找不到干竹子，无法点燃，于是放弃了竹子火把的计划，仙人洞之行只有三个用来当引火用的松明火把，唯恐回去时没有了照明工具，一行人被困在洞里出不去，于是一个火把接一个火把点着用，幸亏阿堂带着一只充电手电筒，关键时刻顶上阵。

钟乳洞一路延伸，我们开着玩笑说一直走到营盘镇的武邻邑村做客，谈笑间突然被塌石堵住了去路，塌石前钟乳下有一小潭清澈的水，同行人中有的以前进洞玩过，从周围钟乳石形状上判定，这里曾经有过一潭碧绿的"仙水"，水潭上倒悬着形状如磨盘的钟乳石，水珠从磨盘上滴落潭水里，水清澈碧绿得让人爱不释手。

相传，仙人在石洞里造一批英雄，想等这批英雄造好后就将其分散到各地为民造福。仙人正在造英雄之际，雾湖和草坝子河发大水，仙人认为这是上天注定不让其塑造这批英雄，于是放弃了造英雄的打算。实际上是龙王和仙人有矛盾，龙王从中故意作梗。而草坝子河自从这次发大水后就没有了水，变成了一条枯河。

仙人洞上方的盐马古道

我们尝了"仙水",不敢多耽误,沿着原路返回,来到大洞里,准备往右拐,去探看筑在洞壁上的大白鼠窝,可惜手里的火把快要燃尽熄灭,只好叹息快速撤离大洞。

到仙人洞探险的心愿由来已久,源于我在澜沧江畔的营盘镇听到这样的故事。从富和后山上流来的麻地箐河,因为这个仙人洞的缘故漏入武邻邑,不能更好地灌溉沧东的田野,于是1953年至1954年,营盘区抗旱,组织人到富和的后山,从仙人洞一带顺着麻地箐河挖河疏导水,以致有了"大跃进"时的成果大水塘。这个故事让仙人洞直接通到营盘武邻邑村的传说更加沸沸扬扬。

也有传闻,清将杨玉科将军发迹后,途经丰收店,将十箱珠宝埋在仙人洞。传闻引得有人来仙人洞寻宝,于是仙人造好的一些英雄遭到了严重破坏。

洞口峭壁上长着一种中药材,与燕窝配在一起可以根治胃溃疡。在仙人洞里,我没有看到燕窝,这个洞中有洞的地方,也许我们所到之处,正好不是燕子筑窝的地方!想起春暖花开时节,仙人洞飞翔千万只燕子,其阵容可谓壮观,不觉向往了!

雪又陆续下了起来,夹杂着雨点。没有了照明工具,无法探看下层岩洞,令我遗憾万分!

同探仙人洞者:富和村民委员会书记兼主任陆志深,啦井镇政府司法行政干警和五堂,丰收店村民钟志清、罗继成。

冬雪,富和后山行

　　大雪下了一天两夜,富和山与啦井间的公路断了,后山通向弥勒坝的路断了,阿堂和我被困在后山,原定经后山到弥勒坝再到期井的行程无法实现。陆志深的妻子杨桂梅是州、县两级人大代表,要急于赶到啦井报到,去州里开人代会,陆志深决定送妻子走,从后山到前山,转道营盘街再到啦井,阿堂和我临时决定同行。

风雪富和山

一行四人，踩着厚厚的雪，冒着满天飞舞的雪花，从后山一直往麻地箐河赶去。接近河边，雪慢慢少了起来。

开明的民族上层人士钟老大，在彝族人中威望较高，他的家曾在麻地箐河畔。

富和山上居住的彝族人都是白彝阶层，从四川省迁徙而来，已有一百多年的历史。根据老人讲述，彝人迁徙到富和山定居的主要原因是不堪黑彝奴隶主的压迫和奴役。钟老大彝名当军都布，于1909年出生在四川凉山冕宁县的弯朴亮统，祖父是自由平民阶层，家境几近于黑彝贵族，其父生性豪爽，侠义好施，在四川大凉山部分地区和滇西北彝族聚居地歌谣里广为流传。

钟老大9岁时，父亲率众举行反抗黑彝奴隶主贵族压迫和剥削的斗争，斗争失败后，钟老大的父亲带着族人举家南迁到云南省中甸县（现香格里拉市）虎跳峡镇。因不堪土匪骚扰，1933年，25岁的钟老大带着族人由中甸县迁到兰坪县啦井镇富和村民委员会的后山居住。

钟老大的故事在富和彝族人之间广为流传，他曾经联合富和山彝族毛家、年家、马家、陆家办私塾，为富和山彝族孩子识文断字提供了条件。他不歧视家里的长工和短工，与他们同吃同住同劳动，并在解放初期解散了家里的长短工，分给他们牲口让他们回家安家立业。

一块已经有了年代的榧木桥板横搭在麻地箐河上，离桥板不远，还有一块榧木板搁在河畔。我不由想起了丰收店的夜晚，屋外大雪纷纷，屋内火塘熊熊。彝族人向我讲起了钟老大的故事。钟老大不仅创办义学，还乐善好施，热衷于修桥补路等公益事业，麻地箐河上的榧木板桥就是他当年铺路修桥的一个见证。

过了榧木桥，我们走入前山地界，这里居住着富和村民委员会两个社的傈僳族人。我们走在由丰收店经仙人洞到营盘的盐马古道上，走到山垭口，我回头望向后山，但见后山雪雾蒙蒙，一股白雾从仙人洞方向来，由麻地箐河往山上飘去。

大雪飘舞

钟老大率领的彝族披毡队,在江尾塘战役中是不是从麻地箐河出发,从后山到弥勒坝再到雾湖,会同通兰人民自卫大队围歼"共革盟"的?坐在垭口看后山雪雾,我问陆志深,他说不清楚。我的眼前恍惚出现了一队手拿花牌大枪和弩弓的彝族披毡兵,呼啸着冲向枪炮隆隆的战场。1949年5月,彝族披毡队在支援滇西北工委领导下的通兰人民自卫大队围歼"共革盟"的江尾塘一战中,以英勇善战、机智顽强著称,后来他们又随滇西边纵七支队政委王北光的队伍参加了保山瓦窑堡等战斗。

解放前,钟老大的家在麻地箐河边时,土匪趁钟老大不在家时来钟家抢劫,抢走粮食和银子,还把钟妻打伤,解放后钟老大家搬到了玉龙厂,于1974年搬到剑川与富和间隔104公里的公路桩旁居住。钟老大连任兰坪县第一、第二、第三届人民代表大会人大代表,被选为兰坪县人民委员会委员,同时,还被选为怒江州政协第二届政协委员。"文

化大革命"期间，钟老大受到冲击，于 1976 年病逝，享年 68 岁。1983 年兰坪县委、县政府给钟老大落实了政策，恢复了名誉。

从前山往营盘街走去，一路下坡，雨时下时停，路上满是泥浆，鞋上粘着厚厚的一层湿泥，使步履沉重了起来。我们一步一滑，来到营盘镇地界的大水塘。

行至大水塘，村庄周围水田多了起来，梯田随着坡势盘旋，将大水塘村围在中间。杨玉科将军衣冠冢下的茶园绿油油的，"大跃进"时挖的大水塘没有蓄满麻地箐河水，这个原本为了浇灌营盘镇沧东村民委员会梯田才开挖的水塘，因没有派上用场闲置了起来，成了大水塘地带一个风景点。

雨后的澜沧江峡谷清新如画，碧罗雪山上云起云涌，雪峰在云深处犹抱琵琶半遮面。云涌动如海，波涛里浮动着一条龙。澜沧江两岸梯田层层延伸，村庄在暮色里静谧。已是深冬时节，漫山红叶别样火红。

坐看云起云涌，心里升起与沧海桑田同舞的豪迈，没有王维笔下"行到水穷处，坐看云起时"的慨叹。古人寄情山水，多是感慨仕途落寞，我行走在盐马古道，与古人心情不同，沉醉山水，今昔变迁让我心生感激。

素描富和山大树

　　从澜沧江峡谷进入啦井，心情渐渐从沉重里开朗了起来，澜沧江两岸现代黄土高坡的悲凉，与啦井莽莽苍苍的森林、拥翠滴绿的山峦成天壤之别。徒步盐马古道，大脑贮藏富和山大树形象，心灵琴弦震颤，浓缩成一棵心树，常绿在记忆的海岸，我忍不住用文字为富和山的大树素描。

　　两种不同科不同属的藤本植物，攀附着寄主树生长，把寄主树杀死，藤本植物变成藤本植物，演绎生死相依的凄美。站在树下，摸着交缠大树躯干的藤，仰头看着藤变

植物绞杀现象

木后在大树的废墟上骄傲地挺拔的新枝，我心里说不出是怎样的滋味。

　　树身长着青苔，枝杈飘荡松萝，树杈弯曲如手托举箭竹。大树伟岸，雍容大度，箭竹生机勃勃，迎风娇笑悄语。读这样的树，心海上飘

过温柔。

阿明五加和红豆杉同根生长，谱写坚贞爱情。

冷杉笔直入蓝天，树根裸露铺展成盐马古道台阶，走在其上，脚步串起岁月沧桑。

走在森林里，奇形怪状的树瘿，让人忍不住怜惜。还没从树瘿的情绪里走出来，迎面的景色又让人陷入另一种情绪里不能自拔。一棵大树被同根生的小树包围，就像有人在大树周围插上围栏。大树高大，耸立天地，小树纤秀，站立在大树周围；大树的树皮粗糙皲裂，小树的树皮光滑细腻；大树的树冠呈墨绿色，小树的树冠呈翠绿色；大树与小树，关照提携。

富和山上的大树让人捧读不尽，走在森林里，一步一个景，一树一幅画。富和山的大树，我印象特别深刻的是三棵树。

四十里箐垭口和弥勒坝之间，有一片纯云杉林，林中小溪淙淙，置身其间，情不自禁臆想，如果在这里搭盖树上小屋，鸟鸣催梦，该是怎样的享受！云杉林里有一棵奇异的大树，被彝人称为象鼻树，粗壮的树干上有天然雕塑，从正面看，就像大象头，长长的鼻子随意悬垂到地上，象牙狰狞。从侧面看，极像大象护佑小象同行，神态悠然。

象鼻树

我拜访象鼻树时正值深秋，盐马古道厚积落叶，针叶松、阿明五加金黄，五角枫红艳。坐在象鼻树旁小憩，我哼起了在期井采访时学会的赶马歌："一根嚼子噔啰（马铃铛声音），划两半来噔啰，削成筷子配成双噔啰噔啰。赶马哥来噔啰，等一下来噔啰，捎个信来噔啰，家中老人噔啰，派他来噔啰……"

初夏时，我首次徒步富和山，曾经到一碗水这个地方拜会红豆杉之王，秋意盈盈里再次徒步富和山，向导对我说，你在一碗水看到红豆杉之王，可还没有看到红豆杉之母，在向导的建议下，我再次到一碗水，拜会红豆杉之母。

我们从富和村民委会所在地草坝子出发，摩托车队穿行在秋色浓烈的森林里，枫叶染红了心。红豆杉林深处，红豆杉之母立在斜坡上。我们量过，红豆杉之王树围有6.1米，想不到红豆杉之母比红豆杉之王还要粗！让人叫绝的是，红豆杉之母的树身上长着颇似乳房的树瘿，周围生长着无数棵小红豆杉，就像其孩子般。红豆杉之母高耸入天，树冠如华盖，似在关照周边贪玩的孩子们。与红豆杉之母相距不远的红豆杉之王，站在高处，树身面向红豆杉之母，两树之间是一碗水出水处，通向丰收店的盐马古道紧傍一碗水隐没林海。

仲春，我到期井采访，拜会雪山太子庙途中，我又看到了富和山大树，心被深深震撼。原始森林里，杜鹃花开得烂漫，一棵大树站立在高高的岩石上，树根如藤紧缠岩石。青苔层叠，树根不时从青苔里裸露，紧紧抱着大岩石钻入地底。坐在树抱石前歇息，我仰视石上的树，天高远不可及，树如天梯。树分成七八棵树，独自成林独自歌。我攀附着树根爬上岩石，站在岩石上，仅靠着大树，极目远眺，莽莽苍苍的森林没有尽头。大树在巨石托举下如伟人，巨石在树根拥抱下如坐骑。我爬上大树，立在"伟人"肩上的感觉是自己渺小如蚁，驾驭森林的力量微不足道。

与我同行的期井村姐妹们坐在树抱石上，唱起山歌。歌声在森林里飘荡，我的思绪随着歌声，缥缈在雾起雾涌处。

苦荞粑粑留给你

司空见惯了苦荞，这山区农作物是那样地不显眼，让我忽略了它的存在。月夜，富和山彝族人唱响山歌，"苦荞粑粑蘸蜂蜜，甜在嘴头苦在心"，让我的心弦为之一动，盐马古道上的故事，随着歌声，掀开时间蒙尘，向我走来。

寻踪盐马古道，心湖荡开点点滴滴苦荞粑粑的涟漪，苦荞粑粑像影子左右我的思绪，难以忘怀富和山彝族人和期井白族人的情谊。怎能忘记，在一间木板房避雨，火塘边烧洋芋烤苦荞粑粑喝茶，雨停后，在屋檐下与屋主人挥手作别的殷殷叮嘱；怎能忘记，火塘边打酥油茶，用竹结搅动口缸里的酥油，锅里烙着苦荞粑粑；怎能忘记，火塘边摆古，火炭上烤着苦荞粑粑，清香驱散雪夜冷寂；怎能忘记，离别期井时，已经成为学校负责人的昔日学生，在温水河边送别，苦荞粑粑的清香伴随我的行程。

踏上古镇盐乡啦井，生活在这块古老土地上的乡民，用他们的真挚欢迎我的到来。我的盐马古道之旅，开幕在富和山，双脚刚一踏上富和山弥勒坝，彝族人老远就对我拱手，那是他们迎客的最高礼仪。席间敬酒，他们亮出双掌，一手持酒碗，一手搭在持酒碗的那只手臂边，以此表明他们对尊贵客人最真诚的礼节。苦荞粑粑的香味飘荡富和山，我在彝家做客的日子不长，但足以留给我一生去回味。我的盐马古道之旅尾声落在期井，登临雪山太子庙，期井村六位妇女热情陪我同行，临出发时，一位老阿妈大清早就起床给我们烙苦荞粑粑。

烙苦荞粑粑

苦荞粑粑，凝结着啦井人民深情，清香盈盈在我的笔下。

富和山上的彝族人，他们待客的最高标准也体现在苦荞粑粑上。火塘里燃得旺旺的，他们把锅架在铁三角上烘烤，在小盆里用清水搅拌苦荞面，倒入锅里烙，把锅里烙的苦荞粑粑翻过来，把搅拌好的苦荞面再倒在烙熟的苦荞粑粑上，如此重复三次，把锅盖盖在上面，直到苦荞粑粑熟了才起锅。烙苦荞粑粑必须是一层或者三层，忌讳两层。烙三层苦荞粑粑，一般是在彝人请毕摩作法开财门的时候，还有就是彝人招待最尊贵的客人时才烙三层苦荞粑粑。把苦荞面捏成圆圆的一片埋入火塘的炭灰里烤熟，这是彝族人最一般的待客仪式。

穿过苦荞地，我向彝族大哥问起苦荞产量，结果让我大吃一惊，才知这高山绿色食品得之不易。苦荞产量不高，每亩需要种子25斤，最多收入400斤苦荞，把苦荞磨成面，苦荞面只占亩产的40%，即每亩只能产苦荞面160斤。

盐马古道

火塘夜话

苦荞粑粑，丝丝缕缕清香寄托着我对富和山彝家人的祝福；苦荞粑粑，丝丝缕缕清香寄托着我对期井村姐妹们的情谊。

　　　　　走一走，看一看
　　　　　天上星星这颗亮
　　　　　白天想你白想你
　　　　　晚上想你梦中来
　　　　　送你送到大石桥
　　　　　手抱栏杆望水流
　　　　　以后我们会见面
　　　　　春天不到花不开
　　　　　我们姊妹共同飞

苦荞粑粑留给你，唱支山歌你带走，说不完道不尽盐马古道之旅。

温泉濯足

离啦井街大约 5 公里远，有一个天然的温泉沐浴场所，被当地人称为热水塘。热水塘在清水河畔，垂柳青青。河两岸山峰高耸，一条土公路，从大山的怀里走来，沿着清水河，经过热水塘，与六兰公路汇合。

热水塘一角

从富和山上下来到热水塘，夏日里真切感受到啦井十里不同天的气候特点。早晨还在富和山上感受霜雹天气，穿着厚厚的衣服，中午到

盐马古道

了啦井，我脱掉了一件又一件衣服，只穿着一件T恤衫。原以为，这样热的气候，热水塘的上空，该是升腾着蒙蒙雾霭，迎面给人温泉特有的热气和水汽，谁知迎接我的竟是一所宁静的院落。

走在水泥拱桥上，脚下的清水河欢快地唱着，清水扬波，垂柳轻点着头。人未进入院落，山风扑面，夏日的酷暑远遁。

三排平房组成的院落，正面是小卖部和主人生活区，一侧是休息厅和娱乐场所，一侧是沐浴场所。我没有到水泥铺建的澡堂，也没有去享受盆浴和淋浴，更没有到休息厅品茶玩乐。心被一种召唤牵引，脚步不由到了围墙边，一个角落里被冷却的山洞，里面一汪清清的温泉，当年盐马古道上赶马的汉子和背夫，就沐浴在这露天的温泉里。这个弃置不用的澡堂用青砖水泥修缮，洞壁无言，清水无语。

我不知道白族话"乃母施"是何意，温泉的入口，是从"乃母施"胸脯上流下来的。当年，人们手持着香，在"乃母施"前点燃叩拜，然后从"乃母施"的胸前接泉水带回家喝，据说这泉水可以医治胃病和肚子痛。新婚夫妇到"乃母施"前焚香叩拜，保佑他们早生贵子。那些多年没有生育的夫妻，到"乃母施"面前叩拜求子，传说挺灵验。

温泉水能治病，尤其是风湿病。常有人背着炊具来到热水塘泡温泉。尤其是春节前，热水塘四周停满了车，院里院外都是人，举家来洗热水澡的，也有邀朋呼伴来的，但求新年来临岁岁安日日福。排队洗澡间歇，吹拉弹唱，热闹非凡自不必说。

我的老家营盘虽然离热水塘不远，但我工作和生活在州府六库，对热水塘的盛名只是耳闻，所幸有一年回老家过春节，与姐妹们到热水塘泡澡。七八个人共同在一个池子里洗澡，有说有笑。温泉水热热地包裹着身体，就像一双轻柔的小手温温润润地按摩每一寸肌肤，那份惬意让人难以忘怀。

坐在古澡堂洞门口的台阶上，清澈现底的温泉水引着我的心思游走很远，很远……归家的马锅头，进入啦井之前，在这个池子里洗去一身的灰尘；年轻的恋人，进入啦井之前，在这个池子里洗去思念的疲

温泉情思

急;背夫溃烂的脚,进入啦井之前,在这个池子里泡脚医治;盐工常年泡在盐卤水里,出入盐矿硐落下的病根,在这个池子里治疗……

啦井小平街,那个送阿哥走上盐马古道的女子今安在?"你要出门莫讨我,你要讨我莫出门",声声抱怨难以抒发对走上盐马古道的亲人的牵挂和担忧。走过西关桥,那个拿着弩弓赶着马匹一步三回头的汉子今安在?"讨你欠下一方布,不去一方还不清",在路口无奈地对送行的亲人道出心声,说不尽行走在盐马古道上的心酸……

濯足的愿望强烈,徒步古镇盐乡啦井,我的脚趾头磨得起了泡,我也想一如当年从盐马古道上向啦井走来的赶马人和行人,将双脚浸泡在温泉里,让温泉解除徒步的疲劳,医治因走山路脚上磨出的泡。

洞壁上青苔黑黑,洞深处不知道藏着怎样的故事。我解开鞋带,把双足泡入温泉里。静默地与历史对话。我似乎听到轻轻的咳嗽声、微微的喘息来自洞深处。

红土自鸣涧

红土涧村

从热水塘驱车到红土涧村,我们行走在穿村而过的水泥公路上,蓝莹莹的天上,大朵白云让寻踪盐马古道的心明朗。

一棵古柳沉默在桥头,玉龙河"哗哗"流淌。走在凹凸不平的土路上,零星的马粪跟行人述说着马帮远去的铃声。向导杨刚是红土涧人,一路上有村民不时与他打招呼,当知道我们要寻找当年杨玉科将军改造的盐马古道时，村民们热心地给予指点。

草覆盖杨玉科路。站在古道上望啦井，高山挡住视线，天空蓝得令人心醉，白云调皮地跳跃在林梢头。初夏的太阳辣辣地照在身上，山风拂面，送来丝丝凉爽。玉龙河畔的红土涧村，呈半月形，宛如一块珠贝。当初，杨玉科改道盐马路，拓宽路面，铺上石条，以方便往来盐商。杨玉科路中，营盘到啦井这一段，原来高悬在山脊上，翻山越岭，辛苦自不必说，且路线长，改道后，盐马古道经过红土涧村，沿着玉龙河逆水而上，路程缩短了一半。

山谷纵横，涧溪流淌，麦田黄灿灿，宽阔的水泥公路从红土涧村穿过。正是麦收时节，红土涧村麦田沿山势层层铺展，庄稼人在麦田里忙碌。记得小时候，从盐马古道上往来的马帮，在收割后的田野里卸下马驮子，让撒欢的马儿自由吃草。他们悠闲地在路边燃起火，烧上一壶水，烤上一罐茶，到没来得及收割的麦地里掐了一些麦穗。烧麦穗的香味飘荡田野，好客的红土涧村人闻香笑了。

村头，一条小溪淙淙流淌入玉龙河，柳树掩映一栋楼房，这是杨刚的家。院坝收拾得干净整洁，花坛里月月红开得正热闹。杨刚的父亲是位退休教师，开朗健谈。他给我讲起了杨玉科智斗盐灶主后被抓，押解啦井途中逃脱的故事。杨玉科将军被兰坪人亲切地唤作杨大人，他的故事在兰坪县家喻户晓，各个乡镇都留下他的足迹和传说。盐马古道之旅，我没有刻意采访和收集有关杨大人的故事，但一提到盐马古道，兰坪人就自然而然想起了杨大人，说起了杨玉科路起源的故事。他们那种怀古的表情，牵引着我向遥远的过去穿越。行走在盐马古道上，红土地上流淌的深情让我感动，源自兰坪人心田的骄傲让我自豪，一代又一代人的怀想让我流连。

红色碎石子垒起的围墙上，仙人掌浪漫地开着橘黄的花。杨老师站在围墙边，给我指点对面山峰上盐马古道的大概路线。目光望不尽重重山峦，我该用怎样的情怀拥抱盐马古道的今生前世！

新农村印象

古树青青，弯腰伸臂将我们迎接。青瓦白墙的楼房，整齐的水泥墙角，一条水泥铺就的人马驿道通向布场村，旁生的水泥小路，将我们的脚步引到水泥铺成的院坝。围墙上鲜花开得烂漫，走廊栏杆上挂满玉米。山风拂面，清香弥漫村庄。

坐落在海拔2500米高处的布场村委会，位于啦井镇西北部，与啦井镇政府相距15公里，东与新建、长涧两个村委会相连，南接九龙村，西与营盘镇相连，北与石登乡相邻。布场自然村是啦井镇第一个新农村建设村，被确定为兰坪县2007年度新农村建设示范村。

已是深秋时节，古盐镇啦井沿途风光，大都秋叶染黄，红色点缀。站在布场村放眼四望，山林却是另一番景象，苍苍郁郁皆绿色，以云南松群系

布场村道

为代表的暖性常绿针叶林及针阔混交林，构成了布场四季常绿的特点。在布场，你可以俯拾秋实累累，但找不到秋的肃杀，自然不会有"秋天来了，冬天还会远吗？"的感慨。

小溪潺潺，欢快地从村中间流过。水泥村路上落着零星的叶，没有牛粪马粪等在农村司空见惯的东西，公厕打扫得干干净净，我印象里乡村脏乱差的现象荡然无存。路边地里，村民悠然犁着地。布场村委会书记、主任和江华告诉我们，村民们已经养成了习惯，自觉打扫村道和公厕。

阳光暖暖地照在身上，漫步在水泥道上，心就像蓝天上飘逸的一朵白云。我们去拜访布场村最穷的一家，铁将军把门，主人下地干活去了。看着白墙瓦屋，阁楼上堆满玉米，院坝里晒满芸豆等农作物，与我想象中的穷样子大相径庭。

走出布场村，水泥路延伸入森林里，通向另一个自然村。远看布场村，宛如大山衣襟别着一颗明珠。远山近山疏密有致，成为布场村背

布场村

景，色彩饱和的绿让布场村房屋显目。谷底雾朦胧，半山腰的庄稼地一览无余。

和江华指点着告诉我们，这块地里面种着秦艽、重楼等中药材，那块地里栽着核桃、五味子。布场农作物以玉米、大麦、小麦、芸豆为主，经济作物主要以核桃、漆树为主，目前已经大规模引进秦艽、五味子、花椒等经济作物。八百多人的村庄，有二百多人劳务输出，打工地点散布全国各地，在外地打工的村人，无形中给居住在半山上的布场村带来了观念更新。而通水、通电、通路，方便电视、电话、手机等落户农家，更方便了村民与山里山外的联络，拓宽了村民视野。

我们沿着原路返回布场村，到和江华家做客。

布场村留给我最难忘的印象是村委会办公楼，村头的村委会办公楼前是一条土路，和村里四通八达的水泥路成了鲜明的对比。对于我的疑惑，和江华坦然一笑说，村里还需要建设，村委会办公环境靠后一步。他如数家珍地跟我说起了村里房屋、院坝有待翻修和改善的村民家情况，这个朴实憨厚的白族拉玛人汉子没有豪言壮语，他告诉我们，铺建村委会办公楼前的水泥公路已经列入计划，等村里建设好了才最后建设这条路。

站在布场村党支部和党员情况公示栏前，心难以平静。布场村委会有四个自然村，有四个党小组。村委会领导班子一个月召开一次党小组组长会议，三个月给党员过一次组织生活，及时反映情况和汇总、交流，传达有关会议及文件精神。每个党员挂钩一家特困户作为帮扶对象，帮扶情况年底通报交流。看着党支部和党员情况公示栏里，每个党员的面孔可亲可敬，党员简介后附着帮扶户的情况介绍，当知道布场村党员帮扶贫困户已经从 2003 年开始时，我心里漫流暖流。

国家给予资金建设新农村，布场村党员干部带头投工投劳，吃苦在前。在改善居住条件上，更显现了党员的胸襟和磊落，资金花费和建设项目及规划，村委会都给予公示。和江华帮扶的特困户，妻子是残疾人，原先居住的房子是木板房，国家给盖房子用的瓦片，现在这户人家已经住上了宽敞明亮的楼房。

布场的药材、布场的五味子、布场的核桃林……按目前的市场行情，我们对布场广植的经济林木进行初步估算，结果让人欣慰，没有理由不相信，有一天，布场的打工现象会来一个大转弯，用和江华的话说，外地人将会为布场打工！

异地搬迁村风貌

从布场村一路下山，公路蜿蜒穿行在山谷里。峰回路转，新建村委会异地搬迁的村庄扑入眼帘，清一色瓦片的青砖墙体楼房，公路直通村里，学校球场旗杆上鲜艳的五星红旗迎风飘扬，暮归的老牛悠然走在公路上，背着东西的村民让路在公路边，笑着对我们友好地挥手。

世外桃源不足以概括我对布场村的印象，村委会大门上方挂着兰坪县委、县政府颁发的文明单位牌子，墙壁上大书的"生产发展，生活宽裕，乡风文明，村容整洁，管理民主"，是我对啦井镇第一个新农村试点村布场印象的最好诠释。

盐马古道

醉醒峰峦间

山路弯弯

　　从长涧哨房山返回老地盘，寻着盐马古道的马蹄印迹，我们穿山越岭。山道崎岖，路边没有融化的雪耀眼。有的路段落满松毛，踩在上面就像踩在地毯上一样；有的路段坑坑洼洼都是高低不平的石头，难以避开石头硌脚底的痛苦；有的路段要过沼泽，灌木蔽天，细碎的光洒在上面，人在枯树枝上悬着心走。

　　蓝天高远，白云点缀连绵的群山。行走在峰峦间，我不觉被山的峻奇迷醉。你看那山，有的如笔架，不知谁多事把架上的笔拿走了，白云悠悠飘落在笔架上，为笔架山撑开华盖；有的如刚出笼的馒头，立在天地间，雾袅袅如馒头散发的热气，森林是馒头的托盘；有的如翠龙，盘旋飞转，不想飞升入天也不愿沉睡水底，贪恋人间美景变成山永立天地间。

山怀抱炊烟，村庄小鸟依人般偎在大山臂弯里。古道蜿蜒隐没森林里，宛如大山裸露的血管，走在古道上，感受大山脉跳。

脚步，流连大山。心，依恋大山。

我想，孤独地行走在盐马古道上的赶马汉子，在"叮咚"作响的马铃铛声陪伴里，定是读懂了大山，才有了山一样的胸怀，于是就有了"马走十里为草好，哥走十里为花香"的痴情。

山是怎样的？只有盐马古道上的背夫能够回答。穷苦背夫买不起昂贵的官盐，只好买便宜的私盐，不敢走官马道走鸟道，钻丛林、爬高山、走险路，"可怜啊，我为什么出生在这地方，我为什么出生在这户人家里……"在坎台上歇息，背夫甩落一把脸上的汗水，苦歌伴随飞鸟的叫声飘散在山箐里。

夕阳西下，一个又一个"象形字"出现在眼前，山峦用形体书写心声。大地是一本古老的线装书，山是"古书"上的象形字。霞光包裹山，山给我的感觉就像竹简，半露半掩地搁在暮色里。山是甲骨文……臆想充斥头脑，盐马古道流淌着考古的快乐。

漫天红霞浓缩到碧罗雪山背后，雪线朦胧如灰白的影子，山谷里的雾由红到黄再到白，层层铺开。山峦交错起伏，颜色由浅到深，就像一幅淡墨写意的山水画，画家的笔轻轻落下到重重一顿，都让人感到挥洒自如。于左右开阖间，突然疯狂了起来，干脆把墨汁泼洒到画布上，于是佛光飞射的山脊变成墨玉般黑。

风轻拨琴弦，森林漫过天籁之音。音乐随着山势起舞，被画家的疯狂点燃，一时间，大弦小弦齐嘈嘈，山呼海啸，电闪雷鸣，行走在古道上，就像在浪尖上颠簸。猛然间，月华如水，山如卫士般默立，森林音乐如摇篮曲。

"一夜醉醒峰峦间"，融入夜色里，只想让人共享这份醉。

盐马古道

神秘的龙潭

　　迂回盘旋在山间的乡村土公路坑坑洼洼，农用车像在跳迪斯科。车子经过大麦地、小村，公路两边松树多了起来，快到龙潭了，我的心兴奋了起来。

　　传闻龙潭有一只四不像，形状像大狗，尾巴粗如橡子，在龙潭上滑过去时快速如闪电，凡看到四不像的人就会死。有一位老太婆经过龙潭，看到四不像，归家后就死了，有个验兵的经过龙潭，看到四不像，

高山龙潭

结果死在半路……如此凶险，我想龙潭定会隐藏在密林深处，深不可测且望不到尽头，云雾腾腾里让人看不清庐山真面目，龙潭上空的雾，不是单纯的白，有说不清道不明的紫红，一股一股地从白雾里冲出。

龙潭到了！我的心从幻想的巅峰跌到低谷。

松林包裹着深陷的潭，裸露层水渍痕迹明显，可以想象龙潭水丰盈时节，一圈连一圈的涟漪延伸山脊深处。到了龙潭，我失望万分，展露在眼前的，就像落在潭底的一碗水，水面漂浮枯枝败叶。

公路成了分界线，路上面的树木随着山势上升越来越多，路下面的树木随着山势下降越来越少。盐马古道经龙潭顺山势往下走就到了老地盘，从老地盘一路下山，就到了啦井盐矿所在地急坡街。急坡街背的山体滑坡现象严重，令人担忧。

行走啦井，我看惯了森林景致，高大的云南松，笔直的冷杉、铁杉、红豆杉，还有碧绿的高山草甸、娇媚的杜鹃花，置身在龙潭边，我怀疑自己走错了路，这也是啦井的辖地？龙潭周边有松树，但目光所及处，没有粗壮的树木，也没有花，二月的春风不愿停留在这里。

阳光灿烂，沿着潭水纵深方向望向山垭口，一朵白云露出半个头。也许鸟怕四不像，龙潭没有鸟鸣，潭面不起波纹。坐在龙潭边，遥想当年外地人手抱公鸡到老地盘定居，林海里跑着野鹿，蘑菇和中药材数不胜数，鲜花开放在小溪畔，放羊女子唱着歌，百鸟合唱，鞭子挥动处发现盐矿，盐卤水引得四川人跋山涉水到啦井开课报井，进入老地盘前在龙潭清澈的水边洗把脸……

龙潭不是天然的，这是"大跃进"的成绩，老地盘周围开垦了大寨田，龙潭的水准备用来灌溉这些梯田，但因老地盘地下有盐矿，大寨田结果导致滑坡厉害，种水田的打算因此泡汤，龙潭成了高山湖。曾有人在里面撒入鱼苗，但潭底大鱼很难抓，于是挖潭抓鱼，潭遭到破坏，成了我看到的样子。

背对龙潭，看到另一番风景。峰峦从碧罗雪山斜飞而出，如龙起伏，啦井隐没在龙腹畔，我所在的龙潭正巧伏在龙脊上。碧罗雪山峰巅

的积雪难掩山的褶皱，雪山犹如屏风搁在天边，白云轻舒长袖舞蹈，有那么一朵两朵云，惬意地在天边打着滚。

山是绿的，老地盘的荒凉落在山的绿色里，犹如一粒米下锅。这"一粒米"没有被遗落在啦井镇的饭桌边，绿色工业园区的建设正在一步步推进，从急坡街到老地盘，从大麦地、小村到老地盘，我看到成活的树林，一路上举着手臂向我们招手。

除了四不像，有人还传闻龙潭有鬼，这个鬼专爱撒沙子。在民间有关鬼的传说中，我听得最多的是撒沙子鬼的故事，静夜走在乡间小路上，突然间沙子撒落在身上，"唰唰唰"，风吹沙响，人尽管走自己的路，不要理会，撒沙子鬼大约觉得无趣，闹腾了一阵，就悄无声息地离开了。

风吹了过来，山谷滚动着响声，周围的树木"唰唰"作响，宛如鬼在撒沙子。我不觉迷醉，心想，与朋友们一起来龙潭畔野炊，烟雾袅袅飘荡着烤肉的香味，风轻摇吊床，朋友坐在吊床边吹笛，自己躺在吊床上假寐，耳朵却捕捉每一个音符，心满溢快乐，那是何等的逍遥！

森林氧吧，山谷氧吧……惬意在啦井的风景里，我变得词穷。

夕阳西下，红霞笼罩碧罗雪山，雪景朦朦胧胧。飞霞飘落龙潭，眼眸暖暖地红。我静在龙潭畔，龙潭静在山脊上。

老地盘的老人对我说，有一年，他背着柴经过龙潭，四不像从水面很快滑过，他只看到四不像的尾巴，比椽子还粗，那一年他差点病死……老人描述四不像时没有惊吓后怕的神情，一副听天由命的淡然。龙潭畔，人们依然平静行走。

我无法想象在这样美丽的风光里，四不像带给人灾难。我这人最大的毛病就是好奇，我做好了惨遭厄运的心理准备，只想看清楚四不像是怎样的，希望四不像突然出现在龙潭，但这是我一厢情愿的幻想，龙潭畔连一只飞鸟也没有，公路边的电线杆默默无言。

连绵的大山深处，也许栖息着一种有待人们发现和考证的动物。四不像，我心头难以挥开遐想。暮色四起，我依依不舍地告别了龙潭。

山的宠儿

  置身阿加达利山垭口，森林银装素裹，公路上厚积雪，车辙印痕弯弯扭扭。公路从垭口转入雨雪菲菲的森林深处，白茫茫，雾蒙蒙，难以预料前行会是怎样的。从啦井到石登、中排的盐马古道在雪林深处向我们招手，古道有的路段与公路汇合，有的路段紧傍公路，有的路段与公路分道扬镳。

  阿加达利山位于啦井镇新建村民委员会境内，"阿加达利"为傈僳语，意为"分界山"，该山既是啦井、石登的分界山，又是南北两条小河的分水岭。艰难地走在雪地上，我感同身受地体会盐马古道上发生的故事。目光寻找垭口两棵大树的踪迹，但见宽阔的公路白雪皑皑，公路周边树木腰系雪裙，两棵大树随着公路开通永远消失了，但树下发生的故事却难以从新建人心上抹去，一代代口口相传：以前，从盐马古道上走来了父子俩，他们走到两棵大树时天黑了，大雪纷飞无法前行，父亲将孩子藏在两棵树之间，自己坐在外面用身子为孩子遮挡风雪，天亮时，父子俩成了雪人……

  从垭口下去，进入石登乡辖地水箐坪村。春节前发生的雪灾让我追古抚今，感慨万分。与新建村民委员会毗邻的挂登村民委员会，一对夫妻走古道到石登乡探亲，返回挂登时遭遇雪灾。啦井镇政府组织救援队伍，挂登村民委员会出动多次救援队伍寻找这对夫妇，新建等村民委员会协助寻找……

  新旧社会对照，一头温暖一头寒冷。雪人远逝在历史烟云里，两

棵树的影子晃动在寻梦盐马古道的沧江霞衣眼眸。

阿加达利山初雪

阿加达利山东连月戛地山，南接孝金窝山，西连洛普基山，北接阿足达山。孝金窝山和阿加达利山在啦井镇新建境内，其余都在石登乡境内。这些山海拔都在3000米以上，植被为针叶林。独特的山居环境使得新建人有了得天独厚的资源，挖中药材、采集菌子成了他们的一项重要经济收入，有一年，新建村民委员会凭这两项收入，在信用联社的存款位居啦井镇第一。新建村民委员会林下产业的收入，让我想起了"靠山吃山，靠水吃水"的民谚。

我们坐车从啦井经新建村民委员会老驻地稗子田直达阿加达利山，雪太厚，猎豹车抛锚在垭口，一行人步行往垭口走去。原路返回时，我放弃公路，特意走盐马古道，新建村民委员会书记乔光亮陪同我。山谷雪地风光旖旎，路边不时遇见工棚，乔光亮解释说，有些是放牧人住的，有些是挖矿人住的。啦井境内矿石多以铜矿为主，镇政府因势利导引进资金和项目，新建通往啦井的路上，离热水塘不远，就有两家外地企业正在紧锣密鼓地开采和冶炼铜矿。

山脚下的荒地种满秦艽等中药材，坡地上漫过羊群，黑山羊在雪地里尤其显目。一位傈僳族妇女站在工棚前笑着向我们招手，她的身畔，黑山羊只顾忙着贪吃冒出头的草芽。

在乔光亮家做客，啦井镇党委副书记蒋云林向我介绍新建村民委员会整村推进情况。整村推进是国家在贫困地区消灭茅草房实施农村扶贫项目后的扶贫措施，改善基础设施的同时，发展农村产业项目，政府扶持产业开发，带动农村优势产业，增加农村收入。

啦井镇政府因地制宜，结合群众需要及市场所需，制定扶贫攻坚的战略部署。新建适合种植业和养殖业，种植业以中药材和苞谷、芸豆为主，养殖业主要是黑山羊。政府投入250多只黑山羊，由新建村民委员会分配到44户居民手里，滚动式发展。目前，新建村黑山羊长势较好，黑山羊数目增加。乔光亮深情地说，1998年，政府投入新建村18只黑山羊，只能分到各个村民小组长手里养殖，有一户人家从当时的1只黑山羊发展到今天的20多只黑山羊。

新建村民委员会是啦井镇唯一的傈僳族村民委员会，人口1900多人，村民98%是傈僳族。1995年以前，啦井政府进行科学种田推广，挂钩各个村寨的工作人员不仅宣传、示范如何科学种田，甚至强制村民科学种田。有关新建人的一个笑话，每每提及，不禁哑然失笑。那时，镇政府免费供给村民委员会塑料薄膜、化肥，新建人认为化肥会烧死庄稼、硬化土地，从镇政府将化肥背到西关桥，就把化肥倒在玉龙河畔，只要装化肥的袋子，袋子洗洗可以装粮食哩，至于塑料薄膜，下雨天可以遮挡风雨，根本不相信地膜种植会比他们种地强，要知道他们跟土地打了十多年交道，种地经验丰富……可想而知，当时工作人员到农村开展工作艰难到何种程度！

我的足迹遍及啦井镇各个村民委员会，接触的人比较多，无论是领导、职工、村民，给我的感觉就是干群关系融洽，尤其是政府和村民

委员会之间的关系,上下扭成一股绳,团结谱写新篇章。

　　从输血式的扶贫到造血式的扶贫,从群众拒绝地膜和化肥到积极探索和发展种养殖业,从麻木不仁到关注国家大事积极收听新闻……时代在发展,人的观念在更新,大山深处的新建村民委员会,不再以山的宠儿沾沾自喜。村中一户人家忙着翻盖新屋,这是整村推进扶贫项目之一,我不由想起了从布场村民委员会回啦井街的路上,路边看到新建村民委员会异地搬迁村落的新风貌。

　　夕阳西下,我们告别新建村民委员会。车子穿行山谷,村庄隐现核桃林间,电视接收锅盖在房顶上格外醒目。封闭属于过往,新建,从山谷深处阔步向世人走来。

四弦弹响白腊村

　　早就听说白腊农民艺术团大名,对那里独特的白普文化心仪已久。我原本计划走兰坪县最古老的盐马古道路线九十九台地去白腊村,但在啦井政府,谁也说不清楚这条线路如何走,抱着遗憾,我只好和小胡从啦井坐车到了县城,搭乘桃树村民委员会和主任的车到了白腊村。

山村晨曲

白腊，这是一个富有诗意的名字，白族话"白光闪耀"的音译。白腊村是水白杨的故乡，风吹树叶时一片银光，故有了如此称谓。我们启程白腊前一天，节令正好是雨水，县城下了一阵小雨，白腊村下了一阵小雪，我没有看到风吹水白杨一片银光的风景，但我看到了白腊村一片银白的景致。

白雪铺盖山峰，依山层叠的田地披着雪与山融为一体，小山村在雪峰怀抱里静美。朝阳照射下，一队队白色的绵羊从村间小路向野外走去，披着羊毛毡褂子的汉子拿着鞭子跟在羊群后，牧羊女子背着背篓走在阳光里。一种无法形容的美，使得我不由自主追逐着一队又一队羊群奔向野外雪地里。

国家扶贫乡村，先后投放到白腊乌骨羊种羊30多只，黑山羊200多只，乌骨羊目前市场价每只近千元，黑山羊也是几百元一只。啦井镇重视畜牧业发展，根据各个村民委员会所处地势，结合市场需要，因势利导规划和发展产业。白腊村的早晨，山野雪景陪衬陆续走向村外的羊群、马群、牛群，丰富了我对白腊村的印象。

四弦弹响了，四岁小男孩坐在堂屋门口，横抱四弦，专心地拨动着，"叮叮咚咚"，旋律流泻在院里。"噗噗"，堂屋里的火塘火苗正旺，茶壶水汽腾腾。侧屋，爷爷在忙着弹羊毛毡，弹羊毛毡的铮铮声和着孙子拨动四弦的声音。白族普米族建筑风格融合的楼房抢眼，阁楼走道栏杆上晾晒满了羊毛披毡。

老爷爷左手持着弹羊毛的弓，右手拿着弹羊毛的锤，就像弹棉花一样弹着羊毛，将羊毛弹细，这个过程大约需要3至4小时。把弹好的羊毛在竹席上铺平，用一把小扫把往羊毛上洒开水，尔后将竹席卷成一筒，踩上20～30分钟，再把竹席打开洒水，接着卷起竹席踩，如此重复八遍，才加工出一床羊毛毡。

羊毛毡防潮、保暖，垫在床褥上，对风湿病人有好处。啦井高山和半高山地带，我常见人们披着羊毛毡或穿着羊毛毡褂子。罗古箐情人坝，我曾在夜色里见到年轻恋人共披一床羊毛毡对山歌，我也曾披着羊毛毡在弥勒坝雾湖等候喷雾奇观……神奇的羊毛毡，雨雪不侵。

告别弹羊毛毡的老人和弹四弦的孩子，我们还没跨出院门，忽听身后四弦声激烈，山歌飞了起来，伴随歌声的还有脚步踢踏声，不由回首，但见老人弹着四弦唱着山歌为我们送行。

四弦是白族人喜爱的乐器，日常生活离不开它，无论是婚嫁丧葬或是唱山歌答对、歌舞狂欢、跳锅庄，都有四弦的影子。脚步踩着四弦声，我们轻快地走在白腊村，青瓦盖顶的楼房和木板盖顶的木楞

弹响四弦琴

房交叉，穿梭着白蜡村白族人和普米族人的日子。

四弦声声里，我们采访了桃树村民委员会芸豆种植户和石庄。

芸豆营养丰富，是一种滋补食疗佳品，在东南亚和欧洲深受欢迎。啦井气候特点适合种植芸豆，每到一个村民委员会，一问种植物，保准有芸豆。2006年，和石庄卖了6000多斤花芸豆，当时的花芸豆价格为1.72元/斤，2007年已涨到2.30元/斤，他卖了近5000斤；他与三家同村人合伙培植花椒苗，卖了90000多苗，每家收入13000多元。与此同时，他还种植大蒜等，加上牛、羊、猪等牲口及粮食的收入，外加儿子出外打工的收入，一家6口人年人均收入10000多元。

洋芋以及蔓菁菜每年收入分别为两三万斤,但和石庄不列入家庭收入里,这些大都用来喂牲口。他曾当过桃树办事处副主任,自觉不自觉地在村民面前起了带头致富的榜样。他在详细地跟我罗列家产时,由衷地说:"现在政策好了,重视三农,扶持农民,农民种地赶上了春天,在这大好时光里,我只感叹自己老了,步伐赶不上年轻人了……"

白腊村的收入在啦井镇排名第一,村里的木楞房都用来装洋芋、蔓菁菜以及关牲口等,楼房住人。村里农民自发组织了艺术团,把弹四弦、吹叶笛、唱山歌、跳锅庄等演绎得淋漓尽致。我到白腊村时,村民大都下地干活去了,我当晚得赶回县城,没有机会一睹白腊艺术团风采,这不能不说是遗憾。遗憾归遗憾,我还是从弹羊毛的老爷爷以及村主任为我们弹奏的四弦里,从采访对象家墙壁上挂着的四弦里管中窥豹,真切感受到了白腊村特有的文化氛围。

新中国成立以前,桃树村民委员会的青松坪、明干场以及现今的白腊村统称为白腊,滇西边纵七支队王北光的部队解放啦井后,从桃树村返回通甸回大理剑川县,在青松坪住了一晚,走到白腊村时休息了一会儿,白腊村人弹响四弦欢迎自己的队伍凯旋,村民和训同追随着王北光的部队走了,后来牺牲在保山战场上,被埋在保山烈士墓。

四弦弹起来,叶笛吹起来,山歌未醉人先醉。坐在村头,想象王北光经过白腊村的情景,目光追随在大山里忽隐忽现的盐马古道,随手摘下一片绿叶,合着村里传出的四弦声吹奏了起来……

山溪无言

　　山路纵横交错，宛如山的筋脉。公路在重重山峦里蜿蜒，转过一个坡，再转过一个坡，山伸出手臂，松林如汗毛，瓦屋在毛发里如一颗痣。"叮咚叮咚"，马铃铛声从山箐传来。向导指着山箐说，长涧村在前方。我坐在农用车驾驶舱副座，伸长脖子张望，看不到长涧村的影子，盐马古道在远处招手，走着几匹马和三两个人。长涧在哪儿？话没出口，农用车突然嘶吼了起来，冲刺几次也难以冲出泥坑。

长涧下村

整理车道之际,我无意间回头望,但见蓝天上悬挂着鲸鱼似的云,尾巴轻轻摆动。远山,一抹红色由近到远渐绿,山的远处就是天际,皑皑白雪连接山与天。

车子深陷在泥坑里,一时半会儿脱不了身。唯恐耽误采访时间,我们只好兵分两路,驾驶员和老乡留下挖稀泥,小高和我抄小路往长涧村走去。

长涧村民委员会位于东西走向的一条山箐北侧偏坡上,村庄依山势而建,分为上村下村,涧溪紧傍村庄,穿过田野,往山谷流去,经新建村民委员会往热水塘方向流入玉龙河。

从啦井出西关,沿着涧溪逆流而上,盐马古道经过长涧上村,从上村背后曲曲折折地转入山谷。这条盐马古道直达石登乡、中排乡,横渡澜沧江,翻山越岭到达怒江州最边远的贡山县。

山连着山,雾霭沉沉望不到头。站在长涧上村背后的盐马古道路口,不时有马匹驮着东西迎面走来,也有扛着犁铧高绾裤脚的村民赶着牛归家。上村一户人家忙着盖新楼房,下村有户人家人声沸腾,人们忙着准备第二天的婚礼。

思绪难以挥去盐马路上久远的故事。一位从中排来的汉子,仅仅为了让好久没有品尝到盐巴味道的家人能在春节吃上一点盐,历尽辛苦到啦井,买了一点盐巴往家赶,走到龙王庙附近,夜色朦胧里听到拉枪栓的声音,有人叫道:"站住,不许走!"汉子遇到缉私队员,任汉子苦苦哀求,缉私队员就是不放行,汉子只好将身上仅有的5文钱给了缉私队员,才得以通行,但走不多远,又被这个缉私队员抄近路讹诈,一无所有的汉子忍无可忍,抽出藏在身上的刀将缉私队员杀死……

我们在下村采访老人们,88岁高龄的和发贵老人向我们讲述了他的经历。

解放前,为了逃避抓壮丁,和发贵家里给缉私队长送了20块大洋、一只大公鸡,19岁的和发贵就这样到啦井当了一名缉私队员。当时的啦井,逢初九、二十三赶集,缉私队的主要任务是堵截私盐外流,主要对付背夫以及查抓灶户藏匿私盐。

我在啦井镇采访期间，无论到哪个村民委员会，都有人提起藏商袭击场署事件。《兰坪志》记载：民国二十三年（1943年），中甸藏商阿保等7人袭击啦井盐场场署，打死4名税警队员及1名孕妇，打伤2名盐工，抢去盐署枪弹及4000块大洋、3匹牲口和衣物等大量财物，藏商离开啦井时又将一酒店老板打死。兰坪县政府派常备队、自卫队等前去追击，一无所获。

税警队通常被人们叫作缉私队。因缉私队长调换，队员们枪交入场署，藏商袭击场署前一天，枪支没有发到队员手中。藏商冲进场署前，和发贵刚换班，他从场署出来不远，就遇到两位藏族人，他们问和发贵："今天开仓发放盐巴吗？"和发贵答："有。"和发贵走不多远，身后枪声大作。

当时藏族人到啦井，要给盐场驮柴，如果不驮柴，场署就不给藏族马帮发放盐。藏商袭击场署，场长是主要对象，但场长和妻子穿的衣服有点像，结果场长从后门逃走了，其妻被藏商杀死。

和发贵老人叙述到这里，脸上流露出后怕的神色。过了一会儿，他叹了口气，零零碎碎地讲起以后的经历。上头发放给缉私队员服装，管吃饱肚子，但没有工薪。和发贵为了逃避抓壮丁才当了一名缉私队员，想不到藏商袭击场署后的第二年，他们被调换到部队里，他就这样到了昆明结训，参加了二战时期中印缅战区昆明战区的战斗，与日本人转战在昆明、怒江一线。

战争留给老人最深的记忆，城市上空飞满了飞机，蓝天被机翼遮蔽，看不到醉人的蓝色。9架飞机并排着飞过来，接着又来9架，一排排的飞机就像浪涌一样布满天空。天空乌蒙蒙的，飞机投放的炸弹钻入地底，到一定时间就会爆炸，弹片飞入柱子把柱子削去一片。和发贵老人说，仗打了九天九夜，他还提到了高黎贡山，提到了怒江州的州府六库以及泸水县的片马，从他不连贯的叙述里，我知道他描述的是二战时期滇西著名的腾冲围歼战。

1944年5月11日，中国远征军第二十集团军实施腾冲反攻战。5月11日黄昏，全军强渡怒江成功，次晨开始仰攻高黎贡山。敌五十六师团一四八联队主力、一四六联队一部凭险死守，我军猛烈攻击，经9日血战，日军溃退，我军攻占高黎贡山顶之南、北斋公房，又经十余日激烈战斗，进至腾北马面关、界头、瓦甸、江苴附近。日军深知丧失高黎贡山及桥头、江宜等重要据点在战略上的意义，急调一一三、一一四、一四六、炮五十六、搜五十六等5个联队各一部火速增援，猛烈反扑。远征军将士士气高昂，锐不可当，奋勇冲杀，与日军白刃格斗，经22日血战，终歼敌半数，继而乘胜攻下腾北敌军中心据点桥头、江苴，并沿龙川江南下，一部扫清固东以北至片马的残敌，另一部扫清龙川江两岸残敌，形成迫近腾冲城、合围腾冲城之势。此时，所有由北而南溃逃的日寇与腾冲守城日军合编为一个混成联队，由一四八联队长藏重康美大佐指挥，死守来凤山及腾冲城。

7月26日午，我军部队在空军掩护下，以优势兵力向来凤山5个堡垒群同时猛攻。官兵奋勇血战3日，付出重大牺牲攻占来凤山，旋即扫清南城外之敌，对腾冲城形成四面包围之势。腾冲城墙全系巨石，高而且厚，城墙上堡垒环列，城墙四角更有大型堡垒侧防。8月2日，我军先以云梯登

和发贵老人

城，但牺牲惨重，无法立足，继又利用空军从天空轰炸，炸塌城墙十余处，从缺口强行登城，经12日激战，始将城墙上的堡垒群逐个摧毁。8月14日，我军以4个整师兵力，从南城墙突入市区，展开激烈巷战。由于腾冲城内街巷稠密，房屋相连，顽敌利用民房家家设防、巷巷筑堡，战斗异常惨烈，每前进一尺，都要付出惨烈的代价，正如二十集团军会战概要所言"攻城战役，尺寸必争，处处激战，我敌肉搏，山川震眩，声动江河，势如雷电，尸填街巷，血满城垣"。经42天的焦土之战，终将守敌全歼，于1944年9月14日光复腾城，沦陷了两年零四个月又四天的腾冲，重新回到了腾冲人手中。（摘录自《腾冲围歼战》）

平静淡然，和发贵老人的心态深深感动我。

和发贵后来随着部队到广东。有一年过春节，初三那天，飞机空投给他们部队大米和两头活猪。"怪事，猪落地后没有死！"须发皆白的老人说着笑了起来。

26岁那年和发贵因为与部队走散回到老家长涧，曾经当过马锅头。

告别和发贵老人，我们在长涧村民委员会计生专干、宣传员小和的带路下，沿着紧傍长涧村的涧溪逆流而上，寻访另一条盐马古道。这条盐马古道的路线是这样的：啦井—老地盘—长涧哨房山—桃树—挂登—通甸—大理—丽江—中甸等

哨房山盐马古道

地。中共滇西工委领导人王北光率领通兰人民自卫军解放啦井时,兵分三路,这条古道是自卫军进入啦井的通道之一。

走在崎岖不平的山路上,涧溪流水淙淙,我不由想起了有关腾冲的历史,想起了啦井解放。每当夏天,乌云密布、电闪雷鸣的日子,腾冲城上空有枪炮激烈的声音,老百姓传言这是老天再现当年腾冲围歼战的情景,有人怀着崇敬焚香拜祭忠烈。正如腾冲人民不会忘记腾冲围歼战一样,啦井人民也不会忘记滇西边纵七支队的队伍从盐马古道走向啦井,与"共革盟"激烈战斗后解放了啦井,啦井解放纪念碑耸立在啦井人民心上。

长涧哨房山下,我蹲在盐马古道口,双手掬起清澈的涧溪水,情愫弥漫。山溪无言,品读不尽盐马古道沉淀的文化。返回啦井的时候,夜色沉沉,农用车在坑坑洼洼的山路上颠簸,啦井街灯火璀璨,与天上繁星相映成趣。

杜仲林忧思

从长涧哨房山下来，盐马古道朦胧的脚印招引我前行。穿行森林，夕晖中的山峦千姿百态，令人醉读。长涧村笼罩在一抹金光里，炊烟四起，袅袅上升羁旅情怀。

笔架峰上空凝结白云，蓝天撑开华盖。层层梯田从笔架峰延伸至坡脚，人工种植的松林起伏有致。狗吠声声，迎接我们到长涧畜牧基地的房屋前，主人放牧未归。转过人工林，我们进入杜仲样板田，夕阳依依难舍地落在周边山林上。

水泥坐台镶嵌的大理石碑立在杜仲田边，上面镌刻着这样的内容："兰坪啦井笔架山 特种植物开发引种实验示范推广中心 杜仲林样板田；建设时间：一九九七年六月；建设面积：1000亩；品种：特种经济植物引种；建设承担者：赵荫孙。"

杜仲样板田石碑

一条简易的土公路直通看守杜仲的木屋前。离大理石碑不远，紧傍土公路，同样立着一块大理石碑，上面刻着啦井笔架山杜仲基地公路建设竣工题记，这是杜仲样板田建设承担者赵荫孙

于1998年10月18日题书的，碑文内容："基地公路搭线啦井——长涧乡村公路，由镇党委、政府投资修筑，李作能师傅承建，得到啦井办事处的支持和基地全体员工协办会战，于一九九八年十月九日破土——十二日竣工，全长1km。基地公路的筑通，是党委政府对我镇实施绿色希望工程走可持续发展之路的决策决心最好的证明，同时，不仅为我基地建设构筑了必需的基础，也为基地和外面的世界沟通和交流，开拓了坦途，谨以勒石铭文以志千秋。"

样板田里的杜仲树，有的粗如碗，有的细如苗，尽管春情尚未引发杜仲绿叶婆娑，我分明听到山风歌唱，但杜仲林主人眼角挂着的泪水，让我倾听山风歌唱时不再那么惬意，心也跟着沉重了起来。

杜仲是一种非常古老的树种，经过第四纪冰川侵袭侥幸存活了下来，分布有限，一般长到15年后才取其皮。杜仲皮有极高的药用价值和保健价值，《神农本草经》上品药材列其为一味，唐朝盛行羊肉杜仲保健汤。杜仲提取的绿原酸，

杜仲

具有抗菌消炎广谱性，卫生部作为用药指标。杜仲叶可以作为饲料的添加剂，杜仲叶、树皮、果皮里最平常的杜仲胶，可以生产高强度的海底电缆和高质量轮胎，比如飞机轮胎等，具有极高的工业和经济价值。

啦井杜仲经云南省有关部门化验，杜仲叶的绿原酸提取度可达9.4%～10.3%，杜仲绿原酸开发专利获得者、山西林学院教授马希汉提取的杜仲纯品精度达3.7%，市场上可以卖到51万/公斤。

啦井镇为了建成兰坪县的绿色工业园区所做的努力，给我留下极其深刻的印象，尤其对五味子基地和杜仲基地，我更是难以释怀。如果说，五味子基地让我欣慰，那么说，杜仲基地则让我感到担忧。

目前，啦井杜仲树叶可以在一天里采集几十吨，但因为办不起加工提炼的工厂，加之采集杜仲叶给外省，其劳力付出费和运输费大于收购费，致使采集杜仲叶无法施行，资源就这样白白浪费，而啦井镇加工的杜仲茶，尽管有降血压的功效，但规模小且市场不容乐观。为了扶持杜仲栽植，政府部门前后投入资金近百万元，但多年来没有收益，光靠政府投入补助杯水车薪，有的村民无奈之下只好含泪砍掉杜仲树，栽上了核桃等见效快的经济作物。

坚持不懈种植杜仲的赵荫孙是一位退休中医师，是阿明五加植物的发现者。他和妻子一起生活，一双儿女工作在外。赵荫孙的退休工资大多投入到杜仲基地的管理了，家里的积蓄花光在杜仲基地上，还为此负债，他和老妻

赶集归来

生活俭朴，儿女尽自己能力接济父母的生活。赵妻给我讲述杜仲基地时，眼角的泪水让我心里隐隐作痛。

坐在杜仲林里，我的心情是复杂的。在啦井采访，无意中说到杜仲，村民眼角沉甸甸的泪珠让我疼痛。杜仲的出路在哪儿？这不仅是摆在啦井镇政府桌面需要解决的问题，也是摆在怒江州政府桌面需要解决的问题，因为怒江州种植杜仲，不仅仅在啦井！

走在杜仲基地公路上，暮色四合里，一抹阳光在笔架峰上尤显绚丽。

普米山村行

"桃树挂挂登,二龙抢宝,富和太阳照期井,长涧新建织布场",民歌将啦井镇辖内的桃树、挂登、春龙、九龙、富和、期井、长涧、新建、布场九个村民委员会囊括进去了。听到这首民歌,我尤其对挂登感兴趣,"挂登"是白族语的音译,意思是"蕨菜地",那里聚居着普米族。

节气是雨水那天,在啦井镇政府工作人员小胡的陪同下,我来到了挂登。乡村公路上跑着车队,挂登的铜矿、锌矿源源不断运往山外,村主任自豪地告诉我们,光挂登村就有15辆车跑运输。不少民族项目的建设随处可见,水泥路面从村外通向村里,楼房紧挨,富有普米族特点的住房与当地的白族住房间杂,马帮队从村路上过。挂登村民委员会结束了没有大学生的历史,目前在校大学生3人,有20多人在外工作。村里种植业主要以芸豆为主,种植秦艽等中药材。

山梁上的雪让人难以忘记雪灾,春节前世界性的雪灾,啦井镇也不能幸免。尽管牲畜、经济作物受损失,但啦井人是乐观的,他们对来春充满信心。唯一令人遗憾的是青山地村有一对夫妻回石登乡探亲,遭遇雪灾,丈夫失踪,妻子被大竹箐一户人家所救,啦井镇、挂登村民委员会以及周边村民委员会几次组织寻找也未果,啦井镇政府和挂登村民委员会做了相关的安抚工作。

走在整洁的挂登村路上,看着一幢紧挨一幢的楼房,我无法想象这里曾经长满蕨菜。一条盐马古道由啦井到桃树、挂登通向内地,我们特意去看了盐马古道边被普米人称为"藏族人安息地"的台地,这里长眠着一个藏族马锅头。挂登河从山谷蜿蜒而来,台地边有一间木板房,院落里电视接收锅盖以及延伸入山谷里的电线杆,成了山里独特的一景。

山间流淌挂登河

木楞房里,76岁的熊增茂、73岁的熊学林两位老人在火塘边接受了我的采访。他们曾经当过马锅头,参加过西藏支前,也为解放军从丽江到怒江,翻越碧罗雪山到知子罗等地驮过军需品,合作社时期,他们赶着马帮,把啦井的锅底盐驮到大理州剑川、鹤庆以及川滇交界处的集镇,驮回兰坪急需的红糖、棉纱、百货、炮杆以及农用工具等。

"赶马哥哥支前方,妹在家中不变心",20世纪50年代支援西藏,平叛西藏时啦井支前的情怀,可从盐马古道传唱的歌谣里见一斑。马铃铛声声,赶马汉子纵情山水间,快乐的山歌如溪流淌。我们在村路边,遇到熊增茂老人的妻子,当年被称为村花,两人的爱情,让我流连在山村淳朴美好里。

挂登村的普米族主要是熊氏家族，据传说和记载他们是从维西而来。挂登村名还有一种说法，白族语"彻等"，意思是挂东西的一棵红杜鹃，普米语叫"怒补"，意思是肉类生蛆的地方，这些称谓跟他们先民的生活有关。普米人以放牧为主，莽莽苍苍的原始森林包裹挂登，当时除了挂登河外，水源只有村中央的大龙潭。村里人出于给牲口喂盐水方便，在龙潭周围放了木槽，引得许多动物来舔木槽。他们把草乌捣烂后放在盐水里，水底装着锋利的刀片。动物们喝了掺有草乌的盐巴水后舔木槽，被刀片划伤舌头就会死。于是人们把吃不完的兽肉悬挂在最高的杜鹃花树上，但兽肉多还是生蛆了。

普米人待客议事都在火塘边，有独特的火塘文化，其核心就是崇拜铁三角，他们认为三角是他们的祖宗化身。沿着门开的方向搭平台，平台左右各搭一铺，两铺接头处成直角，火塘上架着铁三角，

普米族火塘

其一只脚必须跟两铺直角线对齐，这个对齐的位置，人不能从上面跨过，于是，有的人家用铁链子把这个位置圈了出来，坐在铺上的客人只能从两头躬退。

两个床铺成直角向两边搭，接头处空出的位置就是神位，主人摆了一个小木柜在上面，木柜里装了糖、茶等用品和小零食之类，木柜上摆放神龛，或者在木柜上方靠墙钉一块木板摆放神龛，祭祀神灵就在这儿进行，自然地，两个床铺上的座位，越挨近神龛的位置越尊贵。睡在

火塘边的床铺上,男左女右,头必须向着神位。

搭火塘的平台也有讲究,平台边的两个床铺,其中有一个床铺必须紧挨着门开的方向,这个床铺一般都是客人坐的。两个床铺的位置,自然成直角。与我同行的小胡和村民委员会委员小熊是男的,地位比我尊贵,自然地被让在了我的前头,挨近神位而坐,我坐在靠门边的位置。为了拍好神位以及铁三角的一角与两床交接的直角线位置,征得主人同意,我越过小胡与小熊的位置拍照,几次不注意间,差点踩在拉铁链的位置上,吓得我吐舌头不止。

传说,有一位老人家送女儿出嫁,路上遇到怪兽,父亲与怪兽打斗了起来,打得难舍难分之际,火烧了起来,把父亲和怪兽裹在火海里,火一直烧到了天上。天上掉下来一个三角,火就熄灭了。女儿非常思念父亲,把三角背到家里,但三角只往天上飞,无奈之下,只好把三角的一角与铺的对角线用铁链拴在一起。普米人认为,人只有一个角,怪兽有两只角,三角里哪只角是自己祖宗,哪只角是怪兽,无法辨认,于是就把三角笼统地认为祖宗化身了。在三角边,他们禁忌非常多,不能说脏话,不能随意开玩笑,不能唱情歌,烤火时,手可以高过三角,但脚面不能高过三角。

碍于我的请求,两位盐马古道上当年的马锅头,破例在火塘边给我唱了两首山歌,但都是苦调,其中一首大概是这样的:"可怜啊可怜,头鸡没叫,有人让我离开温暖的被窝。天没亮就出工,空腹做农活,蒸饭上贴封条,黄酒灌由他们做主,有兄有弟没有用……"

告别普米山村挂登,我和小胡谢绝了小熊安排坐车的好意,顺着挂登河一路下山到丰坪水库。一路风光无限美,赶马苦调和欢乐调让我于今昔对比里感慨颇多。

"哗啦啦",清澈的挂登河与我唱和,隐隐约约,耳畔传来拜龙调:"我们普米人是龙的子孙后代,我们要用洁白无瑕的羊奶敬你……"

盐马古道

温水河畔听鸟鸣

温水河流经大山箐村

李子花开满山谷，一片白色里传来哗哗流水声。公路傍着花谷走，路边长满嫩嫩的龙爪菜。坐在温水河畔静听，心就像一朵飞扬的白色李子花。我索性脱掉鞋袜，在温水河里蹚水，俯拾河面漂流的花瓣。

亲近温水河，走在河畔，不闻河水声，但听鸟鸣啁啾。树树花开素雅，鸟语花香熏人醉。蓝天高远，山峰淡妆浓抹，高高低低立在花海外。

温水河是白族话音意混合译语，意思是中间河，从地处期井东面的水银厂流来，在期井村民委员会所在地大山箐附近与期井河汇合后一

温水河畔听鸟鸣

路向前流入澜沧江。期井因温水河畔的水银厂，以前被人们笼统地称为水银厂。

我们依依难舍地离开温水河，车子醉酒般在河谷里穿行。车外的景色，如电影镜头不时变化，白杨林、青草坪、杜鹃花，在李子花的素白映衬下娇媚迷人。红的、白的、黑的马匹零散在草地上吃草，山坡上不时漫过羊群。

到达东山鱼塘坝，山谷里宽阔，草场一览无余，青青草地里的水塘亮汪汪，木板房、栅栏、奔跑的马儿、彝族少女的歌声，走在茸茸的草甸上，心思纯净，恍惚到了世外桃源。

一群孩子在草甸上玩，笑声回荡山谷。东山居住着期井村民委员会两个村民小组，都是彝族人。东山村小在草场尽头一个山坡上，村小只设一、二年级两个班，三年级起就到大山箐期井完小住校读书。东山村小有10名学生，有一位名叫马占全的代课老师。

正是放早学的时候，马老师招呼贪玩的孩子们回家。看到背着相机忙着拍照的我，孩子们停下脚步，眼光里流露好奇和羞怯。我笑着将镜头对准孩子们，不用老师下命令，他们迅速集合在一起，对着我开心快乐地笑了起来，而他们的老师，一位朴实的中年彝族汉子，侧脸看着他心爱的学生们，舒心地笑了。一条狗受了他们的影响，跑了过来加入了合影的行列里。

温水河和期井河汇合处，一群牛羊逆着期井河而上，渐渐隐没在山箐里。我们顺着温水河走，转过一个

东山村小师生

山包，但听笑声，垂柳掩映的大山箐村忽然出现在眼前，几个孩子在河里嬉水，看到我们到来，呼啦一声，惊散到坡坎下躲了起来，有一个人还迅速地抱了岸上的衣服，一只小鞋和一件褂子掉在地上也顾不得捡。

河水从大山箐村中间流过，期井完小背依青山，旗杆上飘扬着五星红旗，琅琅读书声回荡在期井河畔。期井完小有137名学生，9名教师，其中有2名代课教师，校长张金生是怒江师范毕业生。1996年3月，我从怒江教育局调入怒江师范工作。2000年8月，怒江师范、卫校、财校、农校合并办学称为怒江州民族中等专业学校。从某种意义上说，张金生是我的学生。天空下起蒙蒙细雨，我在期井邂逅学生，坐在火塘边与已经是啦井教育战线上骨干的当年学生交谈，欣慰发自心田。我没有惊扰上课的师生，悄悄在半掩半闭的教室门外拍摄学生聚精会神听课的镜头，坐在门口听课的孩子听到快门响声，瞟了我一眼，目光又集中到黑板和课本上去了。

期井村民委员会办公楼大山箐村口，农村新型合作医疗点的药柜里装满了各种各样的药。除村委会医疗点外，大山箐还有私人开办的医疗点。大山藏着丰富的中药，得天独厚的山居条件，胎生老郎中独有的土偏方。

与啦井镇毗邻的营盘镇松柏村和大山箐交界处有一个龙潭，风景秀丽迷人。据大山箐村老人讲，早年间，西藏人常到龙潭淘金，最多时二十多人，最少时六七人，每人一杆枪、一把刀、一匹马，每年的二三月间来到大山箐，到七八月份走。民国十一二年间，大山箐龙潭来了一伙人，自称是印度喇嘛，他们回去时，马上驮着木碗模子，也就是树瘿子。解放后，营盘镇鸿尤、松柏办事处的人曾经来到龙潭探查金矿，他们从洞里挖出一个碑，说是碑，其实是一块粗石头，上面写满英文……

离开期井时，我们再次经过温水河，雨正好停了，李子花上雨珠晶莹，越发让人爱怜。我再次走向温水河，脱掉鞋袜，在河里蹚水，沉醉在鸟鸣声声里不知归去。

春驻古盐井

杜鹃花开得正艳的时候,我来到期井村。期井河两岸,红色、紫色的杜鹃花以及白色的野李子花竞相开放,村庄掩映在花海里,永安桥边花红花白,云彩在花树上飘逸。马帮行走在山谷里,山歌随溪水一路叮咚作响:

> 小妹啊,
> 有了山歌你不唱,
> 留给哪个有情人?
> 吃水要吃常流水,
> 细水长流不断根。
> 你爱采花跟我去,
> 阿哥就是欢乐人。

山歌飘荡山谷,我们踩着山歌节拍,从期井村永安桥上经过,桥下流水"哗哗",垂柳柔枝轻点水面,盐硐淹没在河水里,四周芳草青青。

杜鹃花夹道欢迎我们的到来。打开木栅栏,我们隐入杜鹃花海,芦苇丛中,枯枝败叶掩盖不住古盐井。我一点也看不出古盐井的痕迹,眼前是积水坑,乱石横陈,要不是周边的石头上有马蹄凹槽,我还以为向导带错路了。

期井是啦井镇最早的盐井。清雍正二年(1724年),丽江府改土

归流，境内盐井由知府督令经营，统称为丽江井。是年，下井、日期、高轩等井报课开煎。日期就是期井，传说很早以前这里有个龙潭，人们常到龙潭前烧香许愿，经常向龙王借碗，随借随还，后来有人借了碗后不还，龙王对这种不讲信用的行为很生气，龙潭上冒出一股神雾，从此人们就无法借到龙王的碗了，于是此地就被白族人称为"然期"，意为"神生气"的意思，音译为"日期"，这里开课报业后，被称为"日期井"，解放后简称为"期井"。

日期井包括福、禄、寿、喜四井，各井的出口就像泉井一样。喇鸡鸣井于道光二十三年（1843年）开办，日期井开办比之早119年。啦井桃花盐闻名遐迩，但日期井盐质量比之更胜一筹，加之数量少，

期井永安桥

更显金贵。人们把肥肉切成相同的7片叠在一起，分别用日期井、喇鸡鸣井、下井、上井、老姆井盐撒在最上面的那层肉上，测试这些盐井的盐能钻透几片肉，结果日期井盐可以把7片肉腌透，喇鸡鸣井盐腌透5片肉，下井盐腌透4片肉，老姆井盐腌透3片肉，上井盐不行。

盐马古道上的官马大路，腾冲、保山到啦井要经过期井，期井离大理州的云龙县城只有30多公里，而从永安桥上过的马帮，可以直接到澜沧江边的兔峨乡。民国时期修复杨玉科将军在四十里箐河盖的石桥，以及在期井村附近期井河上盖石桥，期井人积极参与拉木料，春节前夕，石桥正好修复开通，他们换上节日盛装，唱歌跳舞耍狮子，请戏班唱戏祝贺，热闹了三天三夜。他们还凑钱，把期井村头到村尾铺成踏石路。

啦井的赵、杨、张三姓原本居住在期井煎盐，期井盐出产少后他

们搬到啦井煎盐。期井村流传着这样的一个故事：凌晨5点，赵家有一个女儿到盐井背盐卤水，一只老虎横卧在路上。赵家女对老虎说，要么你放我过去背盐卤水，要么你吃了我。老虎听后站了起来，默默地走了，此后，赵家败落了下来，只好搬到啦井煎盐。

煎盐要上税，上税率为30%，此外，盐井的围头收取盐的比例占10%甚至更多，老百姓煎盐收入实际上只有50%～60%。

可以这样说，马锅头在当地来说是有本事的人，家里的日子也相对好得多。马锅头有自己的马，把盐巴驮到外地给家里换回来粮食布匹等。盐巴金贵，赶马人在路上舍不得吃。期井村民委员会书记杨益花的父亲杨有平80多岁了，当年曾经是盐马古道上一位有名气的马锅头，老人家告诉我，他赶着马帮到碧江，那里没有盐，主人招待他在火塘里炸苞谷花吃，蔬菜有一股油臭味。

从盐井旧址回来，我们顺路去拜访期井村最老的寿星和发生老人。和发生老人今年97岁，他是从通甸落户到期井的，比他小20多岁的妻先他而去了。他断断续续向我们讲起解放前抓壮丁的事，他说自己十六七岁时就被抓壮丁五六回，为了躲壮丁，天不亮他从家里跑出去，半

老马锅头杨有平

夜三更才敢悄悄摸回家。他被抓了壮丁走他乡，爹娘死了也不知道。令人气愤的是，被抓了壮丁，还要交服装费的钱。"那时，一只小鸡也休想养！"老人悲愤地说。

在期井采访，我看到电工忙着检查架设的线路，期井人即将结束没有电的日子，自备微型发电机发电的历史将一去不复返。

山歌唱给有情人

期井娘子军

山歌唱给有情人

4月中旬，杜鹃花开烂漫，我应期井村民委员会书记杨益花的邀请来到期井村。月光如水，村民们在期井河畔燃起篝火，唱响山歌，跳起欢快的锅庄，用特有的方式欢迎他们心目中的女记者沧江霞衣的到来。我被大家的热情感染，加入跳锅庄的行列里。

跳完锅庄，夜已深，兴犹未尽的村民们聚在杨益花家的堂屋与我闲话，屋里屋外坐满了人。有人弹起三弦，有人送来瓜子。杨益花那八十多岁的老父亲，给我们唱起赶马调："正月采花无花采，二月采花花正开，三月采花花正红，四月采花遍地开，五月赤松结满果，六月池中莲花开，七月洋菊开满山，八月桂花香十里，九月菊花家家有，十冬腊月梅花开"。

午夜，村民们陆续告辞而去，我与杨益花同床而眠，两人说了一会悄悄话，她不知不觉沉入梦乡，我却被乡村夜晚传来的悠扬笛声吸引，一时没有了睡意。

第二天一早，在期井村六位妇女陪同下，我们走上盐马古道中的背夫路线。这是背私盐人在山岭里踏出的小路。背私盐的人一般都是贫苦人，他们不敢走官道，为了避开缉私队盘查，专走丛林小道。

我们先到畜牧场，在彝族罗天宝家喝茶喝米酒烧洋芋吃。吃饱喝足后，我们告别热心的女主人，在罗天宝带路下，一行人向原始森林走去。山不断升高，路不断攀升，杜鹃花随着山高越发开得红艳娇媚，杜鹃林也随之浓密了起来，原始森林里流动着春天的生气。

我们去看抱石树。这是一棵古树，生长在巨石上，粗树根裸露如藤蔓，紧紧缠抱着巨石深入地底，将生命的坚韧和强盛抒写到极致。罗天宝给我们指点去雪山太子庙的路后告辞回家犁地去了，我们七个女的继续爬山。

"青菜白菜我家有，过来过去我家歇。有事无事随时找，有情无婚随便尝……"走在杜鹃花海里，姐妹们你一句我一句对唱起了山歌。杜鹃花开得烂漫极了，歌声让我忘记疲劳。山歌人人肚中装，她们张口就是歌，我怎能错过这样的机会，不时停下脚步记录歌词。

张长吉有一只脚做过手术,最近走路痛,但她还是跟着我们上山了。一路上,我担心地问她能坚持不?拄着竹棍的她笑着说,心里高兴,脚痛也不觉得痛了。我听了后很感动,不由对着姐妹们冲口而出"期井娘子军"。

不知道谁起的调,杨益花、张万丽、和三妹等人唱起山歌,她们唱道:"太阳慢慢落山去,为妹飘飘落哪方?今天我谈着恋爱,前因后果娘子军"。

我不时停下脚步,把山歌往笔记本上抄,期井娘子军们不时放慢脚步等我,遇到我听不懂的句子,义不容辞当翻译。

这边歌声停,那边歌声起:"太阳落了不回去,不到黄昏不归家。太阳落了月亮在,只要妹妹你有情"。

雪山太子庙到了,我们跪在雪山太子庙前祈祷。因为干旱,期井村娘子军们祈祷雪山太子降雨,她们还特意为我祈福。我们把苦荞粑粑在雪山太子前供奉过后,在雪山太子庙旁边的一块台地上用起了午餐,台地周边的杜鹃花就像大地敬献的花束,围着台地。返回期井村时雨水来了,大家说,艳阳当空何处来雨?因为咱们的女记者到了雪山太子庙,感动了雪山太子才下雨了,春雨贵如油啊!她们都说我是个有福之人。

其实,我不是一名记者,而是一名教师,因为爱好文学时常写文章,被人称为作家,文字也被故乡人包容和喜爱。我受啦井镇政府之请,义务写作有关盐马古道的书,所到之处受到啦井人民欢迎,期井娘子军们把我尊称为记者了,在她们看来,记者是令人尊重和敬爱的。她们说,期井很少有记者来,更何况是女的!她们对我爬山不比她们差劲,吃得起苦表示惊讶,对我为人随和称赞不已,说我没有一丝城里女人的娇气……仅仅一天的交往,期井村的妇女们就成了我的朋友,争相邀请我去家里做客,对我敞开心扉把知心话儿说。

月光溶溶,篝火再次在期井河畔熊熊燃起,期井村男女老少来到了篝火现场,附近村寨的人也赶来了。三弦弹了起来,白族霸王鞭舞动

山歌唱给有情人

了起来,山歌唱了起来,锅庄跳了起来。第二天我就要离开期井村回兰坪县城,尔后转道回州府六库,期井村的娘子军们依依难舍,情谊融入山歌里,她们轮流向我唱起了送行的山歌,有汉族调,也有白族调、彝族调。无论听得懂听不懂,我都双手合十表示感谢,心里的激动无法隐藏,全写在篝火映红的脸上。

邵应兰为何在攀登雪山太子庙途中唱"燕子飞飞成双对,为妹飞飞独一人"这样伤感的句子?篝火晚会意兴阑珊,我不得不半途退出,去采访当年的马锅头,后到邵应兰家为数码相机充电并整理材料,与她闲聊,才知道她丈夫病逝,十多年来她含辛茹苦把四个孩子抚养成人,耙田犁地,起房盖屋,她像个男子汉般样样干过,她担心孩子们受委屈,一直没有改嫁。山歌如人,她借歌达意,她的乐观和坚韧给我留下了深刻的印象。

杨三妹的女儿盛邀我跟她同睡一晚,我不忍拒绝一位小女孩的心意,只好告别邵应兰,与杨三妹母女同睡一张大床。徒步盐马古道,我时常拂不开来自乡间的情谊,与村妇们同睡一床,当睡梦里一双粗糙的手搂在我的腰上时,我握住了这只手,虽然我再也无法入睡,但我一动不动地躺着,唯恐惊醒了睡梦中脸上浮起满足笑容的人。也许,今后我有可能无缘听她们这样的知心倾诉和恬静呼吸,但一份淳朴的情谊永远留驻在我心底。

山歌送给有情人,这样的山歌让我不能不动情:

白天想你白想你,晚上想你梦中来。送你送到大石桥,手抱栏杆望水流,以后我们会见面。天不到花不开,姐妹同心一起飞。

花不开嘛转回去,等到花开再回来。站在高山望平坝,望见平坝不见你。送你送到新县城,一路拔花一路栽。八年不来十年等,不能把花别处栽……

雪山太子庙

从期井畜牧场往雪山攀登，森林里各种形状的大树吸引我的目光，树根上的青苔让我产生抚摸的欲望。人面杜鹃相映红，登山路上山歌飘荡，不知不觉脚步变得轻快，山路崎岖但不觉得艰辛，路途遥远但不觉得渺茫。

四月的雪山没有雪，只有树和漫山遍野的杜鹃花。有时，绿色树林里，不经意闪出一棵、两棵杜鹃花树来。站在杜鹃花丛中看风景，山谷纵横、雾锁

太子庙春色

山龙的景致让我长出追梦双翼。坐在大树下休憩，杜鹃花开烂漫里藏着期井娘子军的笑脸，娇媚如朵朵杜鹃花。

高山上有一潭水

舀水要用木碗舀

喝水要用金银杯
金蜂来到水潭边
花见蜂来开得艳
老虎吼叫想吃人
两人相好胜蜂花

情歌悠扬，我们登上雪山峰顶。但见一条小路出现在眼前，路边插着香。小路蜿蜒，杜鹃花围着的台地里，雪山太子庙突兀在蓝天白云下。

说是庙，实则一个石头搭盖成的小屋，小屋两边立着石柱子，小屋前石头供台上有一个石头雕琢的大香炉，小屋里还有一个石香炉，香炉后雪山太子的金身隐藏不见，只见一套极富地方特色的色彩鲜艳的服装，隐藏肉身只显衣服的雪山太子伸开双臂迎接客人到来。

香炉里插满香，供台上摆放着茶盅、酒杯，里面有凡人敬献给雪山太子的茶、酒。太子庙在高高的峰顶上，庙下面的山，一层比一层矮，层层叠叠延伸向遥远的天边，庙前开满了杜鹃花，好像大地敬献给雪山太子的花束，束束鲜花铺开在雪山太子庙周围。庙后的树林里有一个龙潭，山峰错落起伏。

带着美好的心愿和春耕前的祈愿，我们拜过雪山太子，把带着的吃食供奉了一番后，坐在太子庙旁不远处吃午餐。

站在雪山太子庙前，放眼四望，莽莽苍苍的森林尽

途中小憩

收眼底。我没有看到村庄，村庄在山峦上犹如一片渺小的叶子，落在森林里了。山连绵没有尽头，我望向啦井镇和金顶镇方向，想象盐业史上的背夫，穿越这茫茫无垠的林海，该是怎样的艰辛！

离我们休息处不远，路边插着香，我不由向前走去，想看看这条路如何通向林海深处，可走不了几步，路就断了，树木密密麻麻没有路可寻。

　　　　可怜啰
　　　　可怜啰
　　　　身背盐巴兑换米
　　　　花跑山难爬上去
　　　　可怜到这个地步
　　　　卖出盐巴换来马
　　　　……

耳畔响起流传在期井村的民歌，盐马古道上背夫的血泪故事从历史烟云里呼啸而来。雪山太子庙是背夫从期井到金顶镇再转道大理州云龙县、怒江州兰坪县兔峨乡等地到保山市、怒江州泸水县必经的一个路段。

相传，有一位穷苦的老年妇人背着盐巴来到雪山太子庙所在地，老妇人又累又饿又渴，昏倒在地，灵魂就要出窍，森林里升起了一股白烟，白烟散处，一位面如冠玉的年轻小伙子向老妇人走了过来，将老妇人救醒。

"你干吗要救我？"老妇人醒来后，愁苦着脸责问。

"老人家，生命是无比美好的，你怎么不愿意活下去啊？"小伙子不解地问。

"生活没有指望了，我活着也是等死。"老妇人悲伤地说。

"我给你吃的。"小伙子和颜悦色地说。

"你给我这顿吃的，我没有下顿吃的，横竖是一死，只是早死晚死而已，何况我背盐巴到此，不饿死也会渴死。你还是让我死吧，死了一了百了,不用活着受罪。"老妇人说。

"那你要什么礼物才能不放弃生命呢?"小伙子问。

"如果这里有一潭水就好了,我们背夫路经此地,不会因为无水而渴死。"老妇人说。

"好,我就送给你一潭水。"小伙子说完不见了,老妇人的身后却出现了一潭水,这潭水就是雪山太子庙背后的龙潭。

于是,在雪山太子救老妇人的地方,人们盖起了雪山太子庙,背夫们经过这里,都要来拜祭雪山太子,感谢他赐福给背夫们救命的潭水。渐渐地,这里成了期井村人求雨祈福的地方,据说挺灵验。

艳阳高照,我们拜别雪山太子庙,一路下山,杜鹃花顽皮地在树枝间捉迷藏。上山容易下山难,没有路的路,只要前行,就会有路。

寻踪盐马古道,我的足迹到了啦井镇九个村民委员会,步履匆匆,不知道走了多少山路,但完整地走完一段背夫路线,雪山太子庙的行程还是第一次。

半路上,天阴了起来,随着雷声,雨下了起来,一块草甸出现在我们眼前,草甸周边的山,杜鹃花开得灿烂。极目远眺,山的颜色由红到绿到青,渐渐淡在烟雨朦胧里。羊群散落在草甸上吃草,牛儿卧在杜鹃树下反刍。花树夹道,从草甸一直通到期井村。

如歌如画

"当年吃过糯米饭,糯米香糖拌不开……"期井娘子军沐浴在雨水里,开心地唱起山歌。我吞咽流到嘴边的雨水,心里甜滋滋的。

盐马古道

西山牦牛基地

2008年5月23日下午,我接到了期井村民委员会书记杨益花的电话,期井的东山小组通电了,自此,期井村民委员会各个小组都通了电,结束了期井没有照明、部分村民靠小型发电机发电的历史。高兴之余,我随口问道,西山牦牛基地的水接通了没有。杨益花高兴地说,快了,目前正在接水管。

杨益花的电话,使我想起了去年秋天期井西山行……

弥勒坝秋晨,朝霞如龙一样从山脊上冲天而起,迎着霞龙飞翔,我们穿越森林,向期井村民委员会西山牦牛基地走去。雾霭沉沉,森林秋意阑珊。

翻过一座又一座山,坡地上突现一间木板房,温馨油然而生。森林湿漉漉的,雾从山巅往山下走,揽红叶织锦的山川在怀里。忽听声声呼唤,雾气蒙蒙的树林里走出来一位彝族姑娘,站在坡地上微笑着迎接我们。

高山草甸放牧图

置身高山草甸放眼四望，山谷九曲十八弯，忽隐忽现在雾里。森林色彩炫目地红，耀眼地黄。"来了！来了！"彝人年树发突然激动地手指前方，阿堂激动地答："看到了！看到了！"

草坝连天处三两棵树，黑点从雾深处涌现，顺山往下滚。裙裾飘飘，雾谷里响起清脆的吆喝声，渐渐地，黑点近了，近了，牦牛群在主人叱呵下向我们奔来。

牦牛一头接一头，从高处冲下来，在平缓处挤挤挨挨，从这块草地向那块草地走去。坡地上，几位彝族小伙子和小姑娘说笑着观看这壮观的场面，有的站着有的坐着有的匍匐着，身后升腾着雾，在我的镜头下定格成了一幅特有的剪影。

牦牛群共有85头，包括21头牝牛。牛群的主人康文明是一位四十多岁的彝族汉子，初中文化，西山牦牛基地数他家是最大的养殖专业户。他告诉我们，2003年6月，他买了7头牦牛养殖，2005年买了15头母牛，现在已经发展到近百头了。今年他卖了8头牦牛，卖牛收入共1万8千元，生产酥油541斤，每斤40元，收入两万多元。

坐在海拔3400米的高山草地上，康文明向我们说起了他的计划，五年后，即2012年，牦牛群发展到300头左右，与此相配套，他要建盖小牛和母牛圈、蓄草及酥油加工房、挤奶房、兽医室。雄心勃勃的康文明在讲他的长远规划时，也讲了实际存在的困难，建圈房以及扩大圈房需要资金扶持，加工酥油需要水，但担水要到1.5公里以外的地方，还有电的急需解决，此外他还需要社会扶持一套挤奶器。他问我，当地部门或者中专学校举办畜牧兽医培训不，他要送儿子去参加培训，为牦牛养殖的发展培养家庭兽医师。

康文明的家在期井村民委员会西山小组星星竹，其牦牛放牧活动地点为西山白石墓和拉沙山一带，星星竹离期井村民委员会所在地大山箐4公里左右。星星竹居住着8户彝族人，共有30多人。

康文明有三子一女，目前老四在啦井中学读初中，其余三个子女都是初中毕业生。一家人的收入，除了牦牛外，还有绵羊，另外还养着

盐马古道

猪、鸡，高山产物有芸豆、苦荞、洋芋等。康家年总收入4万多元，纯收入2万多元，人平均年纯收入2000多元。

听着康文明的娓娓叙说，看着散落在草地上吃草的牦牛，我心里涌起莫名感动。西山，这个被白族人称为"大树坪"的地方，居住在古老的大森林深处的彝族农民康文明，雄心勃勃地向我们描绘了一幅牦牛养殖蓝图，他的语气里流露了赶上好时代的欣喜和感激。

前来迎接我们的是康文明的女儿，她和三位小姐妹背对着森林站成一排，最小的妹妹坐在草地上，一行四人为我们唱响彝族山歌。山歌回响在山谷里，伴随着我们一路穿行原始森林，往期井村走去……

冬季大雪纷扬，中国南方雪灾，啦井也不能幸免。春节过后，我又到了啦井，徒步长涧、桃树、挂登等地的盐马古道，返回啦井，在镇党委书记和石新住处巧遇来赶集闲玩的康文明，雪灾让康家损失了一些牦牛……

"索玛花"开

来自期井村委会的电话，让我回味几次啦井行。每隔几个月去一趟啦井，就会发现啦井发生了新的变化。不是吗？五月初的富和山，手机信号还没有通，待到十月我再次上富和山，手机铃声满山跑；夏天时丰坪水库还没有开闸放水，冬天时却是波光潋滟的了；夏秋时节啦井街道正在拓宽，来春我就在宽阔的大道上赶集，琳琅山货让我目不暇接；镇政府新大楼完工，啦井政府办公条件和职工住宿条件改善，让我见证了啦井建设步伐……期井村民委员会通电和西山牦牛基地通水，从一个侧面折射啦井镇发展变化。

西山牦牛基地，一首森林深处悠扬的歌曲。

中村玉皇阁一游

玉皇阁外景

"万寿青山寺,竣宵有碧罗,玉龙蟠古箐,拉马听金钟;地接东坡岭,门开见雪峰,山中藏巨宝,不动自如流。"

当看到怒江州最早的中医、兰坪县啦井镇著名的赵氏中医世家创始人赵云候先生为啦井玉皇阁题写的这副对联时,我萌发到玉皇阁一游的兴趣,可惜几次到啦井,来去匆匆,夙愿难以实现。四月中旬我下乡

到兰坪县城，应邀到期井观赏杜鹃花，才有机会在中村玉皇阁一游，虽然有"南橘北移"之嫌，但也算是了却了一番心愿。

中村因处于期井村以及期井村民委员会所在地大山箐中间，故得名。我们去中村那天，天阴沉沉的，一条红色土路引我们到中村对面的松山，三佛庙首先映入我们眼帘。庙宇不大，楹联只剩下左联，上面写着"山峰不在高，有佛则名"。门上铁将军把守，我从木窗户格子里看进去，里面光线模糊看不清楚，后来问了在玉皇阁祈祷的老妈妈，她说三佛庙里面供着弥勒佛、如来佛、释迦佛。

离三佛庙不远，有一座观音庙，观音庙之上就是玉皇阁。三庙依山势而建，一庙比一庙高。

玉皇阁高踞山头，在三座庙宇里规模要大一些，有土坯围墙和大门，庙宇也相对讲究一些。院里有香炉，香炉旁柏树青青。院外有一间简易的小石屋，里面供着形态各异的四神，分别雕刻在三块石头上，中间的神像最高，有黑色美髯，右边的神像稍矮，左边的最矮且两神共同雕刻在一石上，雕工也粗糙，几乎是线描。

小石屋下方，用水泥筑了一个台子，台子上方中间空出部位供奉着三个坐着的神将，神将也是由石头雕刻，大小一样。

玉皇阁是中村妈妈会的活动地点。我们跨入玉皇阁，正巧有一位老妈妈正在点香祷告。老妈妈半是汉族半是白族装扮，脚上穿着一双旅游鞋，挎着花布书包，脖子上戴着一串念珠，毛线帽子上别着松柏枝。她托着托盘，托盘里有水果、饼干、糖等吃食，到玉皇阁外小石屋、水泥平台上祭祀。

屋里供着王母娘娘金身，左右各有一名侍候女官。我左看右看也找不到玉皇，正在纳闷，但听老妈妈一声"随我来"，她将一侧靠墙随意放着的木棍放平，这木棍竟是一把楼梯，棍子上砍出台梯，老妈妈脚踩在台梯上，兀自上了楼，我随着她上了楼，原来阁楼上供奉着玉皇金身。玉皇似乎在盼咐什么，左边的大臣捧着牌令俯首听命，右边的当值宦官捧着金印，三座神像之间摆着两盆塑料桃树、苹果树。

老妈妈敲起锣,边敲边用白族话念叨,大意是今天记者到了我们这里,一切都是为我们,玉皇老爷请不要怪罪,请降福给记者,保佑记者岁岁平安、不断高升、一路畅通、子孙发达等吉利话。

阁楼狭窄,容不下第二个人,我没有选择余地,只能站在楼梯上斜着身子抓拍照片。老妈妈敲打了一会儿锣,点燃神座下蜡烛,坐在神座前的蒲团上祷告。老妈妈祷告的内容与我有关,大意是请玉皇保佑我的盐马古道之旅顺顺利利,凡事顺心顺意,这不能不让我感动。

每年大年初一是弥勒会,初九是玉皇会。有位信女曾向我描述,啦井玉皇会那天,人们将干果、水果,以及用冰糖、大枣熬成的枣汤在塑像前摆好后请菩萨,点燃蒿枝,双手捧着经书在蒿枝上熏来熏去,嘴里念着"清净"。打来清净水摆在菩萨前供奉后诵经,诵完经后再忏悔。中村的玉皇阁和啦井的玉皇阁规模不能相比,但诵经祈愿的初衷,我想是一样的。

站在玉皇阁极目远眺,树林掩映处,期井、大竹箐忽隐忽现,长岩山山脉以及拉沙山山脉蜂拥起伏,盐马古道从期井方向来,在中村露了一个笑脸,往大竹箐方向而去,渐渐隐没在山谷雾蒙蒙处。

告别玉皇阁时,天下起了蒙蒙细雨。老妈妈拿着托盘追出来,硬往我的口袋里塞水果和干果。盛情难却,我拿了两颗糖以及一些瓜子。

据说,这些在玉皇塑像前供奉过的东西,吃后不会让人在出行路上闹肚子,会给人带来福气。瓜子在半路上嗑完了,两颗糖装在我的摄影包里,我把它带回了家。

 盐马古道

古歌，飘荡盐路山

雪邦山

　　夕阳西下，雪邦山上雾腾腾，远远望去，雪邦山就像在兰坪县城东边立着的升斗，升斗里装满东西，白雪就像一块塑料布覆盖在上面。北高南低、南北走向的盐路山脉，云在山脊上悠然散步。天空湛蓝，云朵千姿百态，或层叠旋转而上，或天女散花般点点飘逸，或龙一样升腾，或小兔般玩着躲猫猫游戏……

古歌,飘荡盐路山

　　大雁啊大雁,你是否来自那遥远的地方?你曾看见我日思夜想的父亲?西风瘦马,奔驰在那古道……

　　彝族山歌从心底唱响,悠然飘荡在盐路山脉最高峰雪邦山上。
　　从古盐镇啦井辐射出去的盐马古道,盐路山是一条重要的通道,直达大理、丽江、保山、香格里拉等地。为了防止土匪抢劫过往马帮、背夫,清末至民国时期,盐路山设立哨卡,建盖哨房,哨长护送马帮、背夫安全顺利到达剑川县城。马帮从啦井出发,由各哨卡护送,护送任务从一个哨卡到另一个哨卡,层层交接下去。马帮过哨卡自然要交钱,官府基本上不管,哨兵开支和报酬从马帮缴纳的钱里支出。一年下来,如果护哨任务完成得好,官府就会奖励 400 斤粮食,40~50 块钱,护哨路段复杂的地方多给一些,反之就少给一些。如果护哨任务完成得不好,就会被官府处罚。
　　守护盐路山哨卡的是富和山彝族年家人。现年 61 岁的年再生父亲年老大是第一哨长,副哨长是刘三益(与年家同祖宗同家支,彝族汉姓随意,没严格要求同姓)。年老大于 1943 年病死在山神庙哨位上。哨卡上故事多,哨兵与土匪机智周旋的故事感人,但也有极个别哨兵监守自盗,就是哨兵装成土匪抢劫马帮盐巴。基于这个缘故,有一年旧县长经过盐路山,县长问年老大:"年老大,你看哨给做过贼?"年老大反唇相讥,问:"县长,你当县长给读过书?"
　　担任富和村民委员会党支部副书记的年树发,其父亲常米地(又叫年务金)是雪邦山第二哨头,负责守护的路段是二面山到盐路山与大理州交界处,大理地界的由大理哨兵守护。此段路的第一哨头是刘三益。1934 年刘三益得脑膜炎死去,常米地接任第一哨头的位置。富和彝族首领钟老大联合常米地、邱阿火、年老二、陆宝生等人参加彝族披毡队,钟老大是彝族披毡队连长,常米地是排长。在滇西北工委领导下,通兰人民自卫大队围歼"共革盟"的江尾塘战役中,彝族披毡队因作战

盐马古道

机智勇敢受到表扬。后来他们追随滇西边纵七支队政委王北光的队伍,参加保山瓦窑堡战斗。战斗取得胜利后,彝族披毡队解散返回富和山。

古道铃响马帮来

大雁啊大雁,你是否来自那伤怀的故乡?你曾看见我魂牵梦萦的母亲?纺线如虹,织布在那庭院……

云从雪邦山褶皱里生发,歌声从思绪专注里生发。盐路山被人们比喻为背夫血泪、汗渍以及啦井锅底盐与背箩摩擦遗漏的末子铺成的一条盐马古道。在金顶镇文兴街,我采访了金顶镇老年协会终生荣誉会长李家骥老人和他的夫人张双凤。

张双凤大妈71岁,人清瘦。兰坪解放后,15岁的她背着30斤盐巴从啦井出发。从啦井到金顶文兴街走一天,从文兴街过沘江河翻越盐路山到大理马登需要走一天,马登到上羊岑需要走一天,上羊岑到剑川

古歌,飘荡盐路山

县城需要走一天。当时的米4分钱一斤,走山路一天吃一斤米根本不够吃。每天走烂一双草鞋,背夫路上带着打草鞋用的草,一旦歇息下来就搓草鞋绳打草鞋,当然一路上也有卖草鞋的。当时的工作人员下乡自己背着背包穿着草鞋,有空时也会自己打草鞋。恋人间送礼物,也是草鞋,不过草鞋里掺着布条和头发丝。15岁的张双凤背一趟盐巴只能赚5角钱,根本舍不得买草鞋穿,自然也是自己打草鞋了。

说起背夫经历,张大妈感慨万分,说:"苦死了!"

张大妈的母亲也是盐马古道上的背夫,她母亲从啦井背着盐巴翻越盐路山到大理、丽江,或从啦井经过功果桥到保山。背夫背的盐巴分公盐和私盐,公盐盖着公章。住在啦井的缉私队经常突袭啦井通往盐路山的古道,搜查私盐。缉私队作恶多端,兰坪歌谣里这样传唱:"缉私队,老爷队,太阳出来三丈远,上操缩头像乌龟;头上戴着黄狗帽,脚下裹着烂绑腿。缉私队,老虎队,白天欺压老百姓,拦路抓夫耍权威;

金顶轩辕祠

夜里游逛务嫖赌,五毒俱全样样会。缉私队,老笨蛋,盐汞入锅变为水,烈火熬煎不变味;你妈五更打草鞋,劝你即早把头回。"

　　大雁啊大雁,你是否来自那熟悉的原野?你曾看见我敬爱无限的兄长?走马如飞,狩猎在那山岗……

　　歌声悠悠,历史车辙里铺满情丝。
　　1948年5月,中共滇西工委成立。1949年5月,兰坪县城金顶和平解放;不几天,啦井盐厂护井队和平交枪,啦井解放;6月,滇西北人民自卫军兰坪和啦井后勤分部成立;9月,中共滇西北地委在大理州的剑川县城召开代表大会,撤销滇西工委,成立中共滇西北地委和滇西地委,成立滇西北人民行政专员公署,滇西北人民自卫军编为中国人民解放军滇桂黔边纵队第七支队,被老百姓亲切地称为滇西边纵七支队。
　　在地下党指挥下,雪邦山下的文兴街于1948年成立少先队组织,13岁的李家骥出任第一任少先队指导员。少先队的主要任务是宣传,盘查路人,改造二流子等。
　　1949年,14岁的李家骥好奇地随着后勤部的人到剑川的滇西北人民行政专员公署领枪,首次走上盐路山,在盐路山上爬了一段路后,李家骥的脚肿了起来,后勤部主任徐大刚(即罗鹏禧)见此,把自己骑的骡子让给李家骥骑,在骡子旁边保护着李家骥走。他们在剑川领了枪,回来的路上也是如此。
　　领枪返回文兴街的路上,经过盐路山的救命房,徐大刚让手下人练枪,打到对面的箐沟里。他亲切地对李家骥说:"小鬼,你也打一枪。"李家骥打了一枪,结果自己却被震倒在地,引得大家笑了起来……
　　头发花白的李家骥大爹还清清楚楚地记得这个日子:1949年中秋节。滇西边纵七支队从盐路山来到金顶,中秋节这天,部队从文兴街转道金顶七联再到保山。李家骥追赶部队要求参军,但因为年龄太小

被拒绝,同村 22 岁的杨瑞琦被部队接收,其弟拿着毛毯送出哥哥好远,说:"阿哥,到部队听领导的话。" 杨瑞琦后来在保山宁昌地区民政局局长的位置上离休。1951 年,16 岁的李家骥在兰坪县委负责文艺。李家骥从文化系统退休后,热心公益,出任金顶镇老年协会会长,致力于轩辕黄帝故里的宣传和建设。

李大爹家宽敞明亮的房屋建在高处,站在屋前台地上看,兰坪县铅锌矿开发后新兴起来的文兴街城镇尽收眼底。李家房屋背依二五山,离金顶镇文兴街老年协会筹建的轩辕祠不远。轩辕祠的筹建,跟地理地图测绘科学工作者扶永发先生有着渊源关系。1992 年,扶永发先生在其专著《神州的发现——〈山海经〉地理考》里公布了一个惊人的观点:《山海经》记载的"轩辕台(丘)"所在位置,就在兰坪县金顶镇所在地文兴街西面的二五山台坡上。

融于轩辕黄帝故里的盐马古道,丝丝气息穿过现代化建筑飘向我。"二五山头金鼎寺,十三村角营盘街",盐马古道之旅,一种情结驻留心间。

告别李大爹和张大妈,走在宽阔大道上,往来车辆川流不息。我的目光不由自主望向云雾缭绕的雪邦山,盐路山的故事书写在历史往事里。

华灯初上,兰坪县城广场上热闹非凡,人们跳着欢快的舞蹈。盐路山哨卡上唱响彝族山歌,从夜的深处飘来,渐渐融合在白族霸王鞭舞蹈的旋律里。

大雁啊大雁,你是否来自我思念的故乡?你曾看见我故乡的河流山川?风儿轻吹,田野尽是金黄。

盐马古道掠影